www.bbulmedia.com

www.bbulmedia.com

패 왕의 별

패
왕
의
별

1판 1쇄 찍음 2015년 1월 8일
1판 1쇄 펴냄 2015년 1월 13일

지은이 | 강호풍
펴낸이 | 정 필
펴낸곳 | 도서출판 **뿔미디어**

편집장 | 이재권
기획 · 편집 | 윤영상

출판등록 | 2002년 9월 11일 (제1081-1-132호)
주소 | 경기도 부천시 원미구 소향로 17번길(두성프라자) 303호 (우)420-864
전화 | 032)651-6513 / 팩스 032)651-6094
E-mail | bbulmedia@hanmail.net
홈페이지 | http://bbulmedia.com

값 8,000원

ISBN 979-11-315-6200-0 04810
ISBN 979-11-315-2568-5 04810 (세트)

패왕의 별

패왕의 별

7

강호풍 신무협 장편 소설

뿔미디어

목차

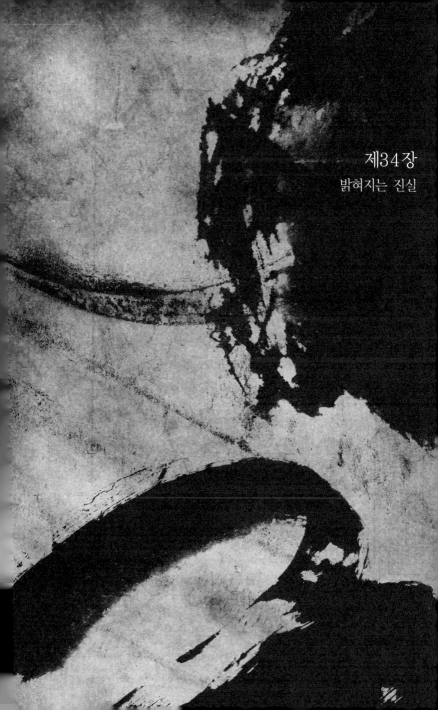

제34장
밝혀지는 진실

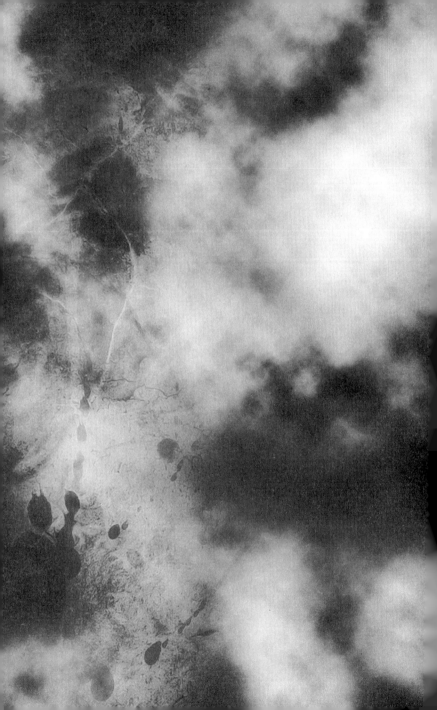

1

까치발로 복도를 걷던 독고설은 문 앞에 멈춰서 조용히 숨을 들이켰다.

사경(四更)에 가까운 새벽.

대부분의 사람들이 잠든 이 야심한 시간에 그녀는 불침번의 눈을 피해 천류영의 방 앞에 섰다.

문에 발라진 창호지가 내실의 불빛으로 붉었다.

당연히 헛걸음을 예상하고, 혹시나 하고 온 것이었다. 그런데 이 늦은 시간까지 천류영은 잠들지 않았다. 그는 무슨 고민으로 지금까지 자리에 눕지 못했을까?

독고설은 쓴 미소를 머금었다.

낮잠의 영향도 있겠지만 다가오는 천마검과의 일전으로 인해 잠들지 못하는 것일 터이니.

기실 자신이 지금 고양이처럼 숨어 천류영을 찾아온 것도 마찬가지 이유였다.

자신은 코앞에서 천마검을 보았었다. 그때 느꼈던 감정이란 건 거대한 철벽을 마주 본 느낌이었다.

어떻게 해도 넘어서거나 무너뜨릴 수 없는 철벽.

그때는 천류영의 기지로 살아남았다. 하지만 이젠 천마검과의 일전을 피할 수 없었다.

과연 그를 이기고 살아남을 수 있을까? 최후의 승리를 거머쥘 수 있을까?

그런 불안감이 그녀로 하여금 잠을 못 이루게 만들어 결국 천류영을 찾게 되었다.

회의실에서 많은 얘기들이 오갔지만 정작 천류영이 한 말은 거의 없었다. 빙봉을 못 믿는 건 아니나 그래도 천류영에게 직접 얘기를 듣고 싶었다.

'그런데…… 과연 그게 다일까?'

독고설은 앞에 있는 문을 바라보며 속으로 자문했다.

의문이 생겼어도 아침에 만나면 되는 일인데 자신은 왜 몰래 사람들의 눈을 피해서 이곳까지 왔을까?

순간 그녀의 눈빛이 빛났다.

불침번이 계단을 내려오는 소리가 들렸다. 그녀는 일체의 소음 없이 천류영의 방문을 열었고 안으로 들어가 조용히 문을 닫았다.

천류영은 침상에 눕기 위해 상의를 벗었다가 당황하며 '어?' 소리를 냈다. 그리고 벗었던 옷을 황급히 들어 대충 걸치며 물었다.

"이 시간에 독고 소저께서 무슨 일로……?"

당황스럽기는 독고설도 마찬가지. 그녀는 놀라 고개를 돌렸다가 이내 태연하게 천류영을 보았다. 그리고 빠르게 그의 몸을 훑었다.

순간 그녀는 자신도 모르게 안도의 한숨을 내쉬면서 깨달았다.

자신이 이 늦은 시간에 이곳에 온 진짜 이유를. 왜 잠을 못 이뤘는지를.

천마검과의 일전은 핑계였다. 이 사람이 걱정된 것이다. 보고 싶었던 것이다.

회의실에서 본 그의 안색은 훨씬 나아져 있었지만 예전처럼 억지로 참고 있는 건 아닌지 불안했던 것이다.

천류영의 벗은 상체가 예전처럼 열병으로 붉지 않은 것만으로도 독고설은 절로 미소가 일었다. 가슴을 무겁게 내리누르던 바위가 사라진 듯한 기분이었다.

"사내가 무슨 부끄럼이 그리 많아요? 주루에서 기억 안 나요? 웃통 벗고 술 마셨던 거."

"그때야 소저께서 남자인 줄 알았을 때니까……."

천류영은 상의를 여미다 말꼬리를 흐렸다. 까맣게 잊고 있었는데 상기되니 쑥스런 마음이 일었다.

독고설은 천류영이 부끄러워하는 모습에 낮게 웃고는 대꾸했다.

"사한현에서 치료할 때는 또 어떻고요. 천 공자는 기절해 있어 기억하지 못하겠지만 거의 알몸을 제가 몇 번이나 닦고 주무르고……."

독고설은 '아차' 싶었다. 처녀가 무슨 이런 말을!

최악이다. 정말 최악이었다.

그녀의 얼굴이 붉어졌다. 덩달아 천류영도 얼굴이 시뻘겋게 달아올라 시선을 마주치지 못했다.

어색한 정적이 내실을 휘어 감았다. 그것이 분위기를 더 어정쩡하게 만들었다. 천류영은 침상가에서 다탁으로 이동해 물었다.

"차라도 한잔 내올까요?"

"아, 아뇨. 궁금한 것이 있어서 잠깐 들른 거예요."

그러면서도 그녀는 다탁의 의자를 빼내 앉았다.

"이 시간에 말입니까?"

"제가 궁금한 것이 생기면 못 참는 성격이라서……. 엎치락뒤치락 하다가 밤을 꼬박 새는 것보다는 낫겠다 싶어서 온 거예요."

천류영은 뭔가 의심쩍었지만 일단 고개를 끄덕이며 독고설의 맞은편에 앉았다.

다시 둘의 시선이 마주쳤다. 독고설은 그의 얼굴을 빤히 보다가 빙그레 웃었다.

"당문세가의 보물이라더니 만액환단이 좋긴 좋은가 봐요. 붓기와 멍이 거의 사라졌어요. 신기해요."

천류영도 멋쩍게 미소 지었다. 그는 천으로 감은 팔뚝을 들어 올렸다.

"비수에 맞은 팔도 벌써 아물기 시작했습니다. 가슴의 상처도 마찬가지고요."

"와, 놀랍네요. 다행이에요."

"독수 어르신의 통 큰 결단으로 아주 큰 은혜를 입었습니다."

천류영이 당철현을 언급하자 독고설의 아미가 살짝 일그러졌다.

낮에 있었던 연회가 떠올랐다.

당천위 소가주와 함께 뒤늦게 합류한 당혜미를 당철현

이 직접 천류영 옆에 앉혔던, 아주 불쾌한 기억이!

독고설의 목소리가 뾰족해졌다.

"만액환단이 아무리 귀한 영약이라고 해도 천 공자가 한 일에 비하면 아무것도 아니에요."

"제가 한 것이 아니라 모두가……."

그녀가 손사래를 치며 천류영의 말허리를 끊었다.

"아, 제발 그런 겸손은 그만요."

"……."

"그리고 풍운이의 도움이 꽤 컸다고 들었어요. 그게 아녔다면 만액환단도 평범한 보약과 별 차이 없었을 거라고 생각해요."

"아! 그건 그렇지요. 풍운이 저 때문에 고생 많이 했습니다. 맞아요."

기실 풍운은 연회에서 천류영과 함께 화제의 주인공이었다. 이제 약관의 나이에 절정의 경지에 오른 믿기 힘든 무위.

전 무림의 후기지수 중 수석의 자리를 단숨에 꿰찰 것이다. 이 소문은 점차 천하로 퍼져 나가 수많은 이들을 경악하게 만들 게 자명했다.

어쨌든 풍운의 위험천만한 치료는 천류영에게 하나의 기회를 제공했다.

사장됐던 단전을 살리고, 탁하고 막혔던 혈도가 일부 뚫렸다.

그로 인해 만액환단의 기운이 천류영의 몸속에서 자리 잡게 됨으로써 제대로 무공을 익힐 수 있는 체질이 된 것이다.

비록 그의 무공입문이 너무 늦기는 했지만 이제 불가능하다고 말하는 사람은 아무도 없을 것이다.

천류영은 풍운에게 제대로 고맙다는 말도 하지 못했다는 것을 상기하며 미안한 표정을 지었다. 그러다가 깜빡했다는 듯이 독고설을 향해 물었다.

"아! 회의 내용 중 궁금한 것이 있다고 했죠? 뭡니까?"

여전히 그의 목소리는 달콤했다. 그러나 독고설은 왠지 사무적으로 들리는 그의 음성에 입술을 살짝 깨물었다가 말했다.

"흑랑대주로 인해 적들의 수뇌부가 분열될 가능성이 크다고 했잖아요. 그런데 곰곰이 생각해 보니까 흑랑대주가 다른 선택을 할 수도 있을 것이란 생각이 들어서요."

천류영은 당황해 눈을 몇 차례 껌뻑거렸다.

그녀의 의문은 본회의가 끝난 후 이어진 난상 토론의 초반에 이미 나온 얘기였다.

'아! 맞다. 그때 독고 소저는 잠깐 자리를 비웠었지.'

독고세가의 무사가 보고할 것이 있어서 독고무영을 뵙기 청했고, 독고설이 대신 나갔던 것이다.

독고설의 말이 이어졌다.

"비록 직접 흑랑대주를 본 것은 두 번에 불과해요. 하지만 그는 내가 본 그 어떤 장수보다 우직했어요. 누구보다 수하를 사랑하고 소속인 마교를 향한 자부심이 드높았죠. 뭐랄까…… 마교에 관한 제 선입견을 깨뜨린 인물이라고 할까요?"

독고설의 말에 천류영이 고개를 끄덕였다.

"동감합니다."

"그래서 말인데……. 어쩌면 그는 모든 비밀을 스스로 간직하고 옥쇄할 수도 있지 않을까요? 권력자들로부터 수하를 지키기 위해서."

천류영은 말없이 계속 고개만 주억거렸다.

"또한 흑랑대주는 천마검에게 목숨을 빚졌어요. 그러니 천마검을 위해서도 입을 다물 가능성이 있어요. 왜냐하면 천마검이 진실을 알면 소교주나 장로 그리고 흑천련의 윗사람들과 대립할 테니까…… 천마검으로 하여금 곤혹스러운 선택을 하지 않게 말이죠."

그녀의 의견에 천류영은 미소를 지으며 입을 열었다.

"소저의 말씀에 답이 있습니다."

"예?"

"흑랑대주는 수하를 무척이나 아낍니다."

"……?"

"그래서 저번에도 수하들을 살리는 조건으로 스스로 내 앞에서 무릎을 꿇었습니다. 당문에서 역시 권력자들로부터 수하를 지키기 위해서 내가 물러나라고 한 말을 받아들였지요. 그는 진짜 무사이자 사내입니다."

독고설은 코밑을 검지로 쓱 훔치며 걱정스럽다는 듯이 말했다.

"내 우려가 사실이라면 적들이 분열하고 그 틈을 노린다는 우리의 계획은 잘못된 것이잖아요."

"아닙니다. 제 목숨으로 수하를 지키려는 장수가 흑랑대주입니다. 소저께서 그런 장수 밑에 있는 수하라면 어떤 선택을 하겠습니까?"

독고설의 눈동자가 흔들렸다. 그리고 천류영의 말이 이어졌다.

"천마검과 흑랑대주는 수년간 야전에서 수많은 전투를 함께 치렀습니다. 천마검은…… 흑랑대주와 흑랑대에 관해 누구보다 잘 알고 있는 사람이지요."

*　　　　*　　　　*

청성산 복건궁.

뇌악천은 자리가 매우 불편했다.

설마하니 천마검이 흑랑대주를 처형시킬 것이라고는 전혀 예상 못했기에.

물론 흑랑대주는 눈엣가시였다. 무형지독 때문에 어쩔 수 없었다고는 하나, 당문세가에서 수하를 짓밟고 나온 사실을 그는 알고 있으니까.

그러니 자신의 손에 피를 묻히지 않고 흑랑대주가 사라져 주면 쌍수를 들어 반길 일이었다.

하지만 천마검이 흑랑대주를 향해 내뱉은 말이 가슴에 묵직하게 남았다.

아군이 죽어 가는 것을 방관하고 자신만 살려했느냐는 천마검의 일갈은 마치 자신을 향해 외치는 호통 같았다.

내실의 공기는 질식할 것 같이 무거웠다. 아무도 쉬이 입을 열지 못했다.

백운회가 느끼는 분노와 슬픔이 기파로 몸 밖에 퍼져 나오고 있기 때문이었다.

숨 쉬는 것조차 버거운 상황.

부상에 피로감까지 극도에 다다른 몽혈비 장로가 결국 무형의 압박감을 못 이기고 백운회에게 말을 걸었다.

"천마검, 나는 허벅지에 중상을 입어서 이만 들어가 쉴까 하네."

그가 말을 꺼내자 사혈강과 마불도 입을 열려고 했다. 그러나 백운회가 빨랐다.

"기다리십시오."

몽혈비가 미간을 찌푸리며 대꾸했다.

"이보게! 나는 지금 자네에게 허락을 받으려는 것이 아니라……."

백운회가 그의 말허리를 냉정하게 베었다.

"흑랑대주는 본교를 위해 삼십 년이나 야전에서 활약한 충신입니다. 아군을 외면한 그의 죄가 중하다고는 하나 적어도 우리는 그가 죽었다는 보고를 받기 전까지는 이 자리에서 기다려 주어야 하지 않겠습니까? 그의 최후에 대해 들어야 하지 않겠습니까?"

둘의 대화를 듣던 뇌악천이 자리를 박차고 일어났다.

"천마검! 나는 내 거처로 가겠다. 내가 왜 흑랑대주 따위를 위해 기다려야 한단……."

"앉아라."

"뭐? 너……."

"앉으라고 말했다."

"네 녀석이 감히 지금 나를 협박하는 거냐?"

뇌악천의 얼굴이 분기로 시뻘겋게 달아올랐다. 그러자 백운회가 그의 눈을 직시하며 말했다.

"사령관은 나다."

"그래서? 대체 무슨 말을 하고 싶은 거냐?"

"너는 나에게 당문에서의 패배에 대해 제대로 보고를 하지 않았어."

천마검의 말에 앉아 있는 몽혈비와 마불 그리고 사혈강의 얼굴이 딱딱하게 굳었다. 뇌악천은 둔기로 뒤통수를 맞은 듯 찰나 멍한 표정을 지었다가 이내 웃음을 터트렸다.

"크하하하. 천마검, 지금 무슨 말을 하는 거냐? 나는 분명 네가 세운 계책이 무림서생에게 간파당해 무형지독이 건재해서…….'

백운회가 차가운 어조로 뇌악천의 말꼬리를 삼켰다.

"너는 수하에게 보고를 그따위로 받나? 패배한 과정을 자세히 설명하란 말이다!"

"그, 그것이…… 설명할 것이 뭐가 있냐는 말이다. 무형지독이 있어서 우리는 어쩔 수 없이…… 정신없이 퇴각을 할 수밖에 없었는데. 그게…… 다다."

그때 내실의 문을 열고 관태랑이 들어섰다. 그는 문을 들어서자마자 백운회를 향해 부복하고 말했다.

"골치 아픈 일이 생겼습니다."

모두의 시선이 관태랑에게 모아지는 가운데 그의 말이 이어졌다.

"흑랑대 전원이 움직였습니다."

수뇌부의 눈이 일제히 흔들렸다. 그중에 백운회만이 피식 실소를 흘리다가 차가운 표정을 지었다.

"흑랑대가 항명을 했다는 건가?"

관태랑은 어깨를 으쓱하고 난감하다는 어조로 대답했다.

"항명이긴 한데…… 상황이 애매합니다."

"뭐가 애매하다는 거지? 흑랑대주를 빼내기 위해 칼을 들었다는 얘기가 아닌가?"

관태랑이 쓴웃음을 짓고 고개를 저었다.

"흑랑대주를 죽이면 자신들도 죽겠다고 산문에서 농성을 시작했습니다."

"농성?"

"예, 그들은 대주님 뵙기를 청하고 있습니다. 그런 그들을 지금 흑랑대주가 말리고 있습니다."

"그래? 그렇단 말이지."

백운회의 차갑던 목소리가 갑자기 누그러졌다. 입가엔 묘한 미소가 맺혔다.

그것을 본 뇌악천이 자신도 모르게 몸을 부르르 떨었다.

'함정에…… 빠졌다! 천마검 이놈은 흑랑대가 이리 나올 것을 예상하고 있었어!'

몽혈비, 마불, 사혈강도 입술을 꾹 깨문 채 관태랑과 천마검을 번갈아 보았다. 그들은 태연한 표정을 유지하려고 애썼지만 눈가가 잘게 떨리고 있었다.

백운회가 자리에서 일어나 뇌악천을 향해 부드럽게 말했다.

"함께 나가 흑랑대를 만나 볼까?"

뇌악천은 입술만 깨물며 대꾸하지 않았다. 그러자 관태랑이 말했다.

"흑랑 이조장, 파륵을 데리고 왔습니다. 지금 궁 밖에서 대주님을 기다리고 있습니다."

"잘했군."

백운회는 내실을 가로질러 문가로 향하다가 고개를 돌려 수뇌부를 보았다.

"같이 안 갈 겁니까?"

뇌악천이 백운회를 쏘아보며 반문했다.

"그들이 찾는 건 넌데 왜 우리들까지 가야 하지?"

그의 물음에 백운회가 빙그레 웃었다.

"정말 안 갈 건가? 후회할 것 같은데."

"……."

"굳이 이곳에 머물겠다면 마음대로."

백운회는 그 말을 끝으로 내실의 문지방을 넘었다. 그러자 몽혈비가 자리에서 일어나며 뇌악천에게 말했다.

"가야 한다."

"……."

"파륵이 무슨 말을 할지 몰라. 참석해야 해."

마불과 사혈강도 자리에서 일어났다. 마불이 먼저 말했다.

"소교주, 갑시다."

사혈강이 말을 받았다.

"가야 하오."

뇌악천은 입술을 아플 정도로 강하게 깨물었다.

느낌이 그리고 조짐이 좋지 않았다. 기분 나쁜 오한이 들어 잠깐 진저리를 쳤다.

뇌악천은 어금니를 악물고 고개를 주억거렸다.

"예, 가시지요."

네 명의 수뇌부도 내실을 나섰다.

2

복건궁 앞마당.

많은 화톳불이 사방에서 활활 타오르는 가운데 이백 명이 넘는 무사들이 도열해 있었다.

그 공터 가운데에서 파륵이 무릎을 꿇고 백운회를 올려다보았다.

"천랑대주님, 억울합니다. 왜 아무 죄 없는 우리 대주님을 죽이려 하십니까?"

복건궁 앞 계단 위에서 백운회가 차갑게 말했다.

"아군을 버리고 스스로의 목숨만 도모한 죄다."

파륵의 눈동자가 흔들렸다. 누명을 쓴 것이다.

"아닙니다! 동료를 짓밟은 자들은 저희가 아니라 수뇌부와 그 측근 수하들입니다. 당문세가 내부로 진격했다가 살아 나온 자들이란 말입니다!"

공터에 있는 무사들 중 절반은 천랑대였고, 나머지는 소교주와 함께 살아남은 패잔병들이었다. 그 패잔병들의 안색이 파륵의 절규에 핼쑥해졌다.

묘한 긴장감이 사위로 퍼져 나갔다.

천랑대는 마교 외당의 최강 부대이며, 최정예들이 모인 단체다.

또한 당문에서 패하고 이곳까지 살아서 온 패잔병들 역

시 고수들이었다. 그리고 그들 중 상당수가 소교주의 직속 수하들이었다.

천마검 뒤편에 있던 뇌악천이 발끈하고 앞으로 나섰다.

"어디서 그런 망발을 하는 것이냐! 흑랑대는 당문세가 안으로 들어가지 않았다. 그런 네놈들이 뭘 안다고 함부로 지껄이는 것이야!"

파륵은 입술을 지그시 깨물었다. 그는 천마검 옆에 나란히 선 뇌악천을 원망스러운 눈빛으로 보았다.

"소교주님! 평생 본교에 충성을 받친 우리 대주님께 이러면 안 되지 말입니다! 저번에도 그러더니 대체 왜 우리 대주님을 못 잡아먹어서 안달이신 겁니까?"

뇌악천이 혀를 차며 뒤에 몇 걸음 떨어져 있는 관태랑에게 말했다.

"당장 저놈을 끌고 가 흑랑대주와 함께 처형해라!"

관태랑이 뇌악천을 마주 보며 담담하게 대꾸했다.

"죄송합니다. 저는 오로지 제 대주님의 명만 받습니다."

뇌악천의 눈가가 사납게 구겨졌다.

"섬마검(閃魔劍)! 네가 감히! 어떻게 나에게 이럴 수가 있는가?"

뇌악천은 관태랑을 보며 이를 바드득 갈았다.

원래 그는 마교에서 제일(第一) 후기지수였던 섬마검 관태랑을 자신의 심복으로 만들기 위해 오랜 시간 공을 들였었다.

하지만 그 긴 시간의 구애에도 꿈쩍 않던 관태랑은 십년 전, 천마검이 지나가면서 툭 던진 '나와 함께하겠소?'라는 말에 그를 따라나섰다.

마치 천마검이 그런 제안을 하길 학수고대했다는 듯이.

뇌악천은 주먹을 불끈 쥐고 부르르 떨며 말했다.

"나는 대 천마신교의 소교주다."

관태랑은 분노한 그를 보며 여전히 담담하게 대꾸했다.

"그래서요?"

"뭐?"

"제 주군은 아니지요."

"하아아, 어떻게? 네가 어떻게 나에게 이럴 수가 있어? 네놈에게 수많은 미녀와 재물을 주었다. 너에게 온갖 편의를 다 제공했어."

"아주 오래전 얘기군요. 어쨌든 저는 모두 받지 않고 돌려보냈었습니다."

뇌악천은 관태랑을 향해 한 발을 내디뎠다. 따귀라도 한 대 때려야 직성이 풀릴 것 같아서였다.

그때 잠시 고개를 숙이고 있던 파륵이 입을 열었다.

"저는 저희 대주님의 명을 받고 전황을 파악하기 위해서 당문세가 연무장에 있었습니다. 그리고 그 안에서 일어난 일을 모두 보고 들었습니다."

"……!"

뇌악천의 몸이 얼어붙었다. 그뿐만 아니라 많은 이들이 숨을 죽이고 파륵을 주시했다.

백운회의 눈에 이채가 스쳤다.

"말하라!"

파륵은 숙였던 고개를 들었다.

원망하고 고뇌하던 그의 표정은 사라졌다. 울분 대신 독기가 가득한 눈빛이었다.

진실을 말함으로써 자신과 흑랑대는 천류영이 말한 경고처럼 권력자들에게 찍힐 것이다. 본교로 돌아가 어떤 일을 당할지 알 수 없었다.

하지만 결코, 이렇게 흑랑대주님을 보낼 수는 없었다.

후폭풍이 어떻든 아무래도 상관없었다.

파륵의 서슬 퍼런 눈길이 닿는 곳은 당황하고 있는 뇌악천이었다.

뇌악천이 파륵을 향해 삿대질하며 윽박질렀다.

"놈! 제 대주를 살리기 위해 이제 거짓말까지 지어내려는구나. 월마룡(月魔龍)!"

월마룡은 당문세가의 정벌에 참가하지 않고 사천 분타에 남았던 장수였다.

마교 총타에서는 뇌악천의 호위장을 맡고 있는 절정 고수. 그는 지금 패잔병들과 함께 있었다. 그리고 그 곁에는 그의 직속수하 여섯이 있었다.

"예, 소교주."

월마룡이 씩씩하게 대답하자 뇌악천이 명을 내렸다.

"유언비어로 분란을 일으키려는 저놈의 혀를 잘라 내라. 아니, 당장 목을 쳐라!"

"존명!"

그때 천마검이 차가운 목소리로 월마룡을 향해 말했다.

"월마룡, 검을 뽑으면 넌 내 손에 죽는다."

앞으로 발을 옮기려던 월마룡의 신형이 멈췄다. 그의 목젖이 꿀렁거렸다.

"천랑대주……."

"나는 허언을 하지 않아. 그건 네가 잘 알고 있겠지?"

어찌 모르겠는가? 예전 그의 경고를 무시하고 소교주의 명에 따랐다가 다리가 부러진 기억이 아직도 생생했다.

백운회의 말이 이어졌다.

"관태랑, 폭혈도, 귀혼창."

"예, 대주님."

백운회의 뒤에 있는 관태랑, 파륵 옆에 서 있는 일조장 폭혈도, 그리고 천랑대 앞에 서 있는 이조장 귀혼창이 동시에 답했다. 백운회의 명이 떨어졌다.

"지금 이 시간 이후로 내 명 없이 검을 뽑는 자, 무력을 사용하는 자의 목을 쳐라. 어느 누구라도 예외는 없다."

"존명."

서슬 퍼런 백운회의 명에 모두의 얼굴이 딱딱하게 굳었다. 천랑대원들은 만일의 사태를 대비해 단전의 내공을 조용히 끌어 올리기 시작했다.

뇌악천과 함께 살아 나온 패잔병들 역시 상황이 심상치 않자 단전을 회전시켰다.

아무도 겉으로 내색을 하지는 않았다.

그러나 이백이 넘는 고수들이 진기를 끌어 올리니 사위로 마기가 퍼져 나갔다.

주변의 은빛 자작나무들이 학질이라도 걸린 듯 몸을 떨었다. 가지의 이파리들이 춤을 췄다. 어디에선가 숨어 울던 산새들이 후드득 날아갔다.

백운회는 일촉즉발의 위험한 분위기에 아랑곳하지 않고 파륵을 향해 말했다.

"보고 들은 것을 하나도 숨김없이 말하라. 오로지 진실만이 너와 흑랑대주를 구할 것이다."

파륵의 입술이 열렸다. 그리고 뜨거운 분노가 담긴 외침이 뇌악천을 향해 떨어졌다.

"가짜 무형지독에 속아 숱한 수하들을 죽이고 짓밟고 빠져나오지 않았습니까? 우리는 동료들을 일부라도 구하려고 남기를 자청하고……."

"잠깐."

백운회가 손을 들어 파륵의 말허리를 끊었다. 그리고 어이없다는 기색으로 물었다.

"무형지독이 가짜?"

파륵이 고개를 끄덕였다.

"예, 그건 진가루였습니다. 수뇌부는 무림서생의 심리전에 속아서……."

그의 말을 이번엔 뇌악천이 끊었다.

"마, 말도 안 된다! 무형지독이 가짜라니!"

뇌악천은 악다구니를 썼다. 혹시나 하긴 했다.

하지만 절대 그러면 안 되는 일이었다. 결코 그럴 리가 없었다.

그러나 공터에 있는 이백의 무사들은 이미 크게 술렁였다. 일백의 천랑대원들은 기가 막혀서, 일백의 패잔병들은 충격에 빠져서.

팽팽하던 공기의 흐름이 단숨에 깨져 버렸다.

특히나 패잔병들 중에는 너무 놀라서 비틀거리는 자들이 속출할 정도였다.

살기 위해서 동료를 밟았다. 그들을 베었다.

양심이 속삭일 때마다 어쩔 수 없는 일이라고 속으로 외쳤다.

그런데 그게 가짜였다고?

몽혈비, 마불, 사혈강도 예외는 아니었다. 그들은 새하얗게 질린 얼굴로 몸을 덜덜 떨었다.

삼척동자라도 비웃을 일이다. 천하가 손가락질 할 것이다.

어찌 그러지 않겠는가?

고작 진가루 때문에 그 막강한 최정예 고수들이 죽어나갔다니. 아끼고 아끼는 수하들이 그리 허망하게 떠난 것이라니.

사혈강은 부끄러움과 참담함을 이기지 못하고 양손으로 제 얼굴을 가렸다. 마불은 넋이 나간 표정으로 나직이 중얼거렸다.

"이건 꿈이야. 진가루라고? 그게 무형지독이 아니라 진가루였다고……?"

뇌악천은 여전히 말도 안 된다고 윽박질렀고, 파륵은

죽음을 각오한 듯 거친 말투로 진실을 모조리 뱉어 냈다.

그 와중에 관태랑은 충격을 갈무리하고 고개를 저었다. 너무 황당해서 화도 나지 않았다. 동시에 왜 대주께서 무림서생을 그리 두려워했는지 뼈저리게 깨달았다.

진가루를 무형지독으로 만들어 수많은 사람들을 속이는 작업.

그것이 과연 쉬울까?

아니, 거의 불가능하다. 터무니없는 발상이었다.

그럼에도 가능했다는 것은 무림서생이 그렇게 상황을 연출했다는 것을 뜻했다.

관태랑은 무림서생에 대해 감탄하면서도 천천히 뒤로 몇 걸음 물러섰다. 그리고 주변을 냉정하게 살폈다.

긴장감은 사라지고 충격과 전율이 복건궁 앞마당을 휩쓸었다. 하지만 그 속에서도 묘한 분위기가 감지됐다. 특히나 월마룡과 그자의 주변에 있는 몇몇의 눈빛에 그는 주목했다.

관태랑의 입꼬리가 씨익 올라갔다. 그 역시 단전의 내공을 끌어 올리기 시작했다.

파륵이 피를 토하듯 외치는 얘기가 이어지면서 당문세가에서 있었던 진실이 속속 드러났다.

많은 사람들은 충격과 혼돈에서 여전히 벗어나지 못했다. 아니 더 깊은 수렁 속으로 끌려 들어가는 기분을 느끼는 중이었다.

파륵의 얘기는 이내 천류영과 흑랑대와의 대치까지 이어졌다. 그리고 천류영이 흑랑대가 왜 물러설 수밖에 없는지, 그 이유까지 설명하는 대목에 이르자 모두가 망연자실했다.

무림서생을 향한 두려움과 적개심이 절로 흉중에 따리를 틀었다.

세 치 혀로 전장을 농락하는 자.

파륵은 하나의 숨김도 없이 모든 것을 토해 냈다.

모두가 그를 바라보는 가운데 관태랑은 여전히 주변 사람들을 살폈다. 그러다가 천마검의 등을 보았다.

피식.

절로 웃음이 흘러나왔다.

천마검은 흑랑대주의 인간 됨됨이를 너무나 잘 파악하고 있었다. 더불어 파륵 이조장의 물불 안 가리는 괄괄한 성격까지.

그래서 자신이 초지명을 데리고 내실 밖으로 나갈 때 대주께서 전음을 보내 온 것이다.

흑랑대가 모종의 움직임을 보이면 파륵을 데려오라고.

그때는 그게 무슨 뜻인지 몰라 고개만 갸웃거렸었다.

그러나 이제 모든 것이 명확해졌다.

대주는 진실을 알기 원했다. 아니, 어쩌면 이미 진실을 어느 정도 간파하고 있었을지도…….

그리고 또 한 가지!

차기 교주 자리를 두고 경합을 벌이고 있는 소교주를 이번 기회에 재기 불가능하게 만들 요량이었다. 이건 소교주에게 평생에 걸쳐 결코 씻을 수 없는 약점이 될 테니까.

뇌악천은 이제 파륵을 향해 아무 말도 하지 않았다. 그도 바보가 아닌 이상, 아니 원래 영민했던 그가 상황이 돌이킬 수 없게 됐음을 모를 리 없었다.

뇌악천은 이제 파륵을 보지 않고 백운회를 보았다.

"처, 천마검. 나, 나는 혈사제 태상장로님의 판단에 따랐을 뿐이야."

그의 구차한 변명에 관태랑은 다시 쓴 미소를 짓고 말았다.

작금의 궁지를 벗어나기 위해 어쩔 수 없는 변명이란 건 이해할 수 있었다. 그러나 그가 내뱉은 대거리는 더욱 그를 궁지로 몰 뿐이다.

어쨌든 당문세가 점령군의 사령관은 그였다. 최고 지휘

권을 인계받은 그가 패배의 책임을 전가한다는 건, 지휘관으로서 자격 상실이란 뜻이었다.

백운회는 자신 옆에 있는 뇌악천을 마주 보고 대꾸했다.

"태상장로님은……."

"그, 그래. 태상장로께서 엉뚱한 판단을 내린 탓이다."

"그 잘못된 판단의 대가로 돌아가셨지."

"…….."

"그럼 너는? 너는 당문세가 점령의 사령관이었다. 나는 그래도 네놈을 믿고 당문을 너에게 맡겼다."

뇌악천은 침을 꿀꺽 삼키고 주변을 돌아보았다. 사혈강과 마불은 고개를 떨구고 있었다. 몽혈비 장로 역시 침통한 표정이었다.

이럴 때 태상장로가 옆에서 자신을 두둔해 주면 얼마나 좋겠는가? 그러나 그는 이미 이 세상 사람이 아니다.

천마검은 마치 중얼거리듯이 담담하게 그리고 낮게 말했다.

"적 책사에 속아 판단을 잘못하고, 수하와 아군을 밟고 제 목숨을 도모하기에 급급했던 너를…… 나는 너를 어떻게 해야 할까? 입장을 바꿔서 네가 나라면 어떤 결정을 할까?"

그의 그런 말투에 뇌악천의 뺨이 파르르 떨렸다. 이런 천마검의 말투는 정말 분노했을 때 나타나는 버릇이었다.

"미, 미안하다. 하지만 너라도 당시 현장에 있었더라면 무림서생에게 속을 수밖에……."

뇌악천은 말을 잇지 못했다. 그의 배에 백운회의 주먹이 파고들었기에.

퍼억!

"커흑."

창졸지간에 당한 뇌악천이 단말마를 터트렸다. 그의 허리가 새우처럼 앞으로 휘었다.

부우웅.

거센 파공성이 허공을 짓눌렀다. 백운회의 발이 뇌악천의 옆머리에 작렬했다.

"끄아아악."

뇌악천이 비명을 질렀다. 그의 몸이 허공에 떴다가 계단 밑으로 팽이처럼 돌며 떨어졌다.

마불과 사혈강은 놀라 눈을 부릅떴다.

설마하니 마교 교주의 아들인 뇌악천을 저렇게 개 패듯할 줄은 상상하지 못했던 것이다.

몽혈비 장로도 충격에 빠져 손을 들어 천마검을 가리키며 말했다.

"너, 너 지금 대체 무슨 짓을……."

몽혈비는 너무 놀라 제대로 말을 잇지도 못했다.

파륵은 물론이거니와 천랑대조차 얼이 빠졌다. 패잔병들은 말할 나위도 없었다.

월마룡의 눈이 뒤집혔다. 자신의 주군인 소교주가 저런 모욕을 당하다니.

"소교주님을 보호하라!"

그의 고성과 함께 곁의 여섯 수하들이 앞으로 뛰어나갔다. 월마룡 역시 앞으로 발을 내디뎠다.

차아아앙.

여섯 수하 중 선두로 치고 나간 성질 급한 둘이 검을 뽑아 들었다. 그에 월마룡이 화들짝 놀랐다. 소교주를 보호하라고 했지 칼을 빼라고는 하지 않았거늘.

"아, 안 돼! 칼은……."

월마룡은 내딛던 발을 멈췄다. 네 수하도 뛰던 모습에서 그대로 얼어붙었다.

창!

발검의 소리가 들렸다. 그리고 앞장섰던 두 수하의 목이 허공으로 떠올랐다.

어느새 섬마검 관태랑이 그들 앞에 있었다. 핏물이 흐르는 젖은 검을 든 채.

그의 별호답게 지독하게 빠른 쾌검이었다.

관태랑의 서글서글한 큰 눈이 오연하게 월마룡과 그의 네 수하 그리고 일백여 패잔병들을 훑었다.

"목 위의 물건이 무겁다고 여겨지는 자가 있다면, 칼을 빼도 좋아."

차아아아아악.

나란히 있던 천랑대와 패잔병의 사이가 벌어졌다. 모두의 손이 검파를 쥐었다.

일조장 폭혈도가 자신의 대머리를 쓱쓱 문지르고는 작은 눈을 더 가늘게 뜨며 스산하게 웃었다.

"크크크. 제발 칼을 빼라. 너희 같이 동료를 짓밟고 나온 놈들과 한솥밥을 먹어야 한다는 생각만 해도 구역질나니까."

이조장 귀혼창이 푸석푸석한 목소리로 천랑대원들에게 명을 내렸다.

"주군께서는 목을 치라고 하셨다. 아무리 어려워도 목을 베라."

이조의 부조장이 살짝 미간을 접으며 낮게 말했다.

"저 친구들도 꽤나 칼 좀 쓰는 고수들인데. 우리 애들 몇몇에게는 버거운 주문 같습니다."

"우린 천랑대야."

귀혼창의 메마른 말에 부조장이 어쩔 수 없다는 듯이 실소를 삼키고 어깨를 으쓱거렸다.

"뭐, 좋은 훈련이 되겠지요."

갑작스러운 상황 변화에 무릎 꿇고 있던 파륵이 벌떡 일어나 곁의 폭혈도에게 말했다.

"폭혈도, 나도 돕겠소."

폭혈도가 파륵을 보며 낮게 웃음을 터트렸다. 웃는 그의 얼굴에 긴장감이라고는 전혀 찾아볼 수가 없었다.

3

월마룡 일행과 패잔병들은 연신 침을 삼키면서 이를 갈았다. 그러나 그 어느 누구도 검을 빼지 못했다.

싸움이 시작되면 파국으로 치달을 것을 알기 때문이었다. 많은 이들의 이마에 그리고 귀밑머리에 식은땀이 맺혀 흘러내렸다.

몽혈비 장로가 이와 같은 상황을 훑고 마불과 사혈강을 보았다. 그러자 두 수장은 침통한 얼굴로 고개를 젓고는 뒤로 훌쩍 물러났다.

이건 귀교의 내부 문제이니 자신들은 빠지겠다는 의사를 표명한 것이다.

몽혈비는 어이가 없어 화가 치밀었다.

어쨌거나 지금까지 함께 해 오지 않았던가!

책임을 따지고 들어가면 결코 저들도 자유로울 수 없었다. 그런데 이렇게 약한 모습을 보인다면 천마검은 더욱 안하무인이 될 터였다.

그러나…… 몽혈비가 모르는 것이 하나 있었다.

자신은 천마검과 대적한 적이 없었다.

그러나 마불과 사혈강은 마교주와 천마검의 새외무림 정복전에서 이미 천마검과 한 차례 붙은 적이 있었다.

마불과 사혈강은 그 어느 누구보다도 천마검과 천랑대의 무서움을 잘 알고 있었다.

단순히 소문과 업적으로 평가하는 것이 아닌 실제로 칼을 겨누면 절로 알게 된다.

천마검과 싸우면 돌아오는 것은 재앙뿐이라는 것을.

기실 그들이 마교에 항복하고 흑천련이란 조직을 만드는 데 적극 협력한 것은 마교주 뇌황 때문이 아니었다. 바로 천마검 때문이었다.

몽혈비는 마불과 사혈강에게 기대할 것이 없음을 깨닫고 백운회에게 말했다.

"자네, 정말 피를 볼 건가? 이건 반역이야!"

백운회가 피식 웃고 대꾸했다.

"반역? 이곳의 사령관은 접니다, 몽혈비 장로님. 대체 어떤 부대에서 반역이 그런 의미로 해석된답니까?"

"하, 하지만 소교주는 교주님의 아들이라는 것을 잊었는가?"

"후후후, 그래서요?"

"그, 그래서라니? 지금 자네가 한 행동을 교주께서 아시면……."

몽혈비의 말을 백운회가 끊었다.

"그럼 진가루 따위에 속아 수많은 정예 수하를 잃고 온 소교주를 어떻게 해야 합니까? 적과 싸우다 잃었다면 그럴 수 있습니다. 하지만 제 목숨 살리고자 동료와 아군을 죽였어요!"

백운회의 일갈에 몽혈비가 부들부들 떨었다. 상상할 수도 없는 거대한 마기가 자신을 덮치고 있었다.

'이, 이 정도였던가'

몽혈비는 자신이 예상하고 있던 백운회의 내공이 한참 잘못됐다는 것을 깨달았다. 아직 나이가 젊어 내공만큼은 자신이 윗줄이라고 생각했었거늘.

가공할 압박이 몽혈비의 숨통을 죄여 왔다. 그러나 그는 주먹을 불끈 쥐고 말했다.

"그, 그건 당시 상황이 그랬다. 무림서생의 간교한 혀와 연기로 인해서……."

"변명일 뿐입니다. 죽기를 각오하고 싸웠어야지요! 그럼 최소한 지지는 않았을 겁니다. 그리고 명예를 지켰을 겁니다. 묻겠습니다. 장로께서는 무인이 맞습니까?"

"……."

"무인이었다면 그런 황당한 패배는 없었을 거란 말입니다!"

백운회의 일갈에 몽혈비가 주춤 물러났다.

문뜩 당문세가 앞에서 흑랑대주가 전원이 죽기를 각오하고 싸웠어야 했다고 외치던 모습이 떠올랐다.

몽혈비는 한숨을 한 차례 내뱉고 고개를 절레절레 저었다. 교주님을 언급한 협박이 통하지 않는다면 일단은 달랠 필요가 있었다.

"그만하게. 이건 자네를 위한 충고야. 자넨 소교주의 실수로 차기 대권을 향한 훨씬 유리한 고지에 섰어. 그런데 그 기회를 다 날려 버리겠다는 건가?"

그의 말에 백운회가 키득거렸다.

"큭큭…… 크크크. 차기 대권? 유리한 고지? 크하하하!"

그의 광소가 복건궁 앞을 뒤흔들었다.

백운회가 한참 웃다가 차가운 눈으로 몽혈비를 직시했다.

"장로님. 뭔가 착각하고 계시군요. 저는 소교주를 제 경쟁자로 생각한 적이 단 한순간도 없습니다. 수하를 팽개치고 나오는 자가 제 경쟁자라니. 그런 모욕은 정말 참기 힘들군요."

"천마검……."

스르르릉.

백운회는 등 뒤로 매고 있던 칼집에서 검을 빼 들었다. 그러자 몽혈비의 안색이 파리해졌다.

"자, 자네 지금 뭐하려는 건가?"

"나는 아까 흑랑대주에게 죄를 물어 그를 죽이라 명했습니다."

"……!"

"군율은 지위고하를 따져서는 안 됩니다. 그래야 기강이 제대로 서는 법이지요. 저는 지금껏 그렇게 해 왔습니다."

"자네 정말 미쳤군! 이성을 잃었어! 소교주는……."

슈각.

"퀵!"

몽혈비 장로가 비명을 지르며 뒤로 팔짝 물러났다. 그리고 아연한 얼굴로 자신의 왼손을 보았다.

손이 없었다.

"으아아아아. 가, 감히 네가! 어떻게 네가!"

잘린 손목에서 피가 철철 쏟아졌다. 그럼에도 몽혈비는 지혈할 생각도 못했다.

복건궁 앞이 다시 한 번 충격에 빠졌다.

관태랑 마저도 턱을 밑으로 떨어트렸다가 고개를 절레절레 저었다. 자신이 옆에 있었다면 분명 막았을 것이다. 절로 장탄식이 흘러나왔다.

"휴우우. 참으로 어려운 길만 골라서 가시는군요. 대주님."

관태랑은 입맛을 다시다가 피식 웃었다.

어쩌겠는가?

수하와 동료만 생각하면 그 냉정한 대주가 세상 어느 누구보다 열혈남으로 변하는 것을.

그렇기에 자신이 그를 주군으로 섬기는 것이고 말이다.

몽혈비를 향해 백운회가 말했다.

"무능한 당신들 때문에 허망하게 그리고 죽는 순간까지 눈을 제대로 감지 못했을 일천사백의 수하들. 손 하나면 싼 것입니다. 그래도 칼을 익힌 오른손을 남겨 둔 것에 고마워해야 하지 않겠습니까?"

몽혈비는 백운회의 번들번들한 눈빛에 이를 갈았다.

"이이, 미친놈. 네가 정말 실성하지 않고서야……."

그의 말을 백운회가 끊었다.

"시끄럽군. 한마디만 더하면 숨통을 끊어 주지."

"……!"

몽혈비는 입술을 꾹 다물었다. 놈은 그러고도 남을 인간이었다.

그는 지혈을 하면서 원독에 찬 눈으로 백운회를 보았다. 그러자 백운회가 싸늘하게 말했다.

"아깝습니까? 일천사백 수하들의 목숨값으로 당신의 손 하나가 그렇게 아깝습니까?"

"……."

"우습군요. 하하하, 정말 우스워요. 하지만 덕분에 내 실수를 깨달았습니다. 천하를 꿈꾸기 전에 본교부터 바꿨어야 했음을. 피의 혁명으로 새롭게 탄생시켜야 했거늘. 소교주와 태상장로님 그리고 당신 같은 사람들을 한 식구라고 믿고 기회를 주었던 제 스스로의 무능이 한심하기 짝이 없군요."

"천마검……."

"만약, 내가 장로님께 한 이 가벼운 징계를 교주께서 문제 삼는다면……."

몽혈비는 침을 삼켰다.

천마검은 말끝을 흐렸다. 그러나 짐작할 수 있었다. 그가 무슨 말을 하려고 했는지.

"천마검, 너 정말 반역이라도 하려는 것이냐?"

"지존의 자리는 그 품격을 갖춘 사람이 앉아야 하는 법."

"교주께서 너를 용서하지 않을 것이다."

"글쎄. 난 그렇게 생각하지 않습니다. 그는 내가 본 어느 누구보다도 무공에 미친 사람이니까."

몽혈비의 핼쑥한 얼굴이 구겨졌다.

천마검의 말은 사실이었다. 그래서 그의 방자함을 교주는 모두 포용해 주었다. 왜냐하면 천마검이 천마동에서 얻은 무공을 교주에게 하나씩 전해 주었으니까.

"그렇군. 믿는 바가 있었군. 하지만 소교주는 지존의 아들이다."

백운회는 노골적으로 한심하다는 표정을 지었다.

"나보다 더 오랜 세월 교주를 모셔 왔으면서 아직도 교주를 제대로 모르는군요. 그에겐 아들이 셋이나 더 있습니다. 내가 천마 조사의 상승무공을 하나 넘겨주면 그는 그 무공 하나에 아들의 목숨을 하나씩 내놓을 수 있는 양반입니다."

"……"

"알겠습니까? 교주께서는 아직 나만 알고 있는 무공을 다 얻기 전까지는 결코 나를 건드리지 못합니다."

몽혈비는 반박하지 못했다. 교주님이 얼마나 지독한 무공광인지 잘 알고 있기에.

그리고 천마검의 말은 분명 일리가 있었다. 천마 조사의 상승무공을 하나 내놓는 조건으로 장로 몇 명의 목숨을 천마검이 원한다면?

교주는 기꺼이 장로를 버릴 것이다. 교주는 그런 사람이니까. 자신이 손 하나 잃었다고 악다구니를 써 봐야 콧방귀도 뀌지 않을 분.

"천마검. 너는…… 교주님의 약점을 알고, 그분을 이용하고 있었던 거구나. 이걸 교주께서 아시면 그분의 기분이 어떨지 생각해 봤나?"

백운회가 피식 웃었다.

"착각하고 있군. 아니면 산전수전 다 겪은 장로님께서 이리 순진하다는 것에 놀라야 하는 건가?"

"……?"

"교주께서 내가 말한 것을 모르고 있을 거라고 생각하는 겁니까? 내 야심과 내 생각을 모를 거라고 믿는 겁니까? 교주의 가슴속에는 능구렁이가 천 마리쯤은 살고 있어요."

"……!"

"나는 교주를, 교주는 나를 이용하고 있는 거란 말입니다. 오월동주(吳越同舟)지요. 서로가 마음에 들지 않더라도 천하일통의 대업을 위해 반드시 필요하니까."

결국 몽혈비는 고개를 떨어트렸다.

교주와 천마검 사이에 암묵적인 고리가 있는 것은 알고 있었다. 그런데 지금 천마검의 말을 듣고 보니 그 고리는 생각보다 아주 단단하다는 것을 깨달은 것이다.

백운회가 고개 숙인 몽혈비에게 말했다.

"계속 권력을 탐하고 그 자리에서 누릴 수 있는 호사를 잃기 싫다면 잘 생각해야 할 겁니다. 어떤 줄을 잡아야 할 것인지. 무림일통의 대업이 완수되는 날, 호랑이는 둘일 수 없으니."

"……."

"장로님께서는 앞으로 많이 바뀌어야 할 겁니다. 손 하나를 잃고도 바뀌지 않는다면 그 다음에는 목이 될 테니까."

뇌악천은 계단 밑에서 머리를 흔들었다. 마치 거대한 쇠방망이로 얻어맞은 듯한 충격에 정신이 하나도 없었다.

하지만 그 와중에도 격노가 치밀었다.

감히! 어떻게 감히!

뇌악천은 고개를 들었다. 그리고 벌떡 일어서서 분노의 일갈을 뱉으려고 했다. 그러나 그 순간 얼어붙었다.

천마검이 칼을 휘두르는 모습이 시야 가득 들어왔다. 그리고 몽혈비 장로의 손이 허공에 떠오르는 장면까지.

"헉!"

턱이 덜덜 떨렸다.

천마검이 미쳤다!

그렇게밖에 생각할 수 없었다.

그런데 더 큰 충격이 뇌악천을 기다리고 있었다.

천마검과 몽혈비의 대화.

부인하고 싶지만 그럴 수가 없었다. 천마검의 말이 진실이라는 것을 깨닫는 것은 어렵지 않았다.

아니, 어쩌면 이미 알고 있는 것이었다.

천마검과 모종의 협력관계를 구축하고 있는 아버지는 당신께서 원하는 것을 얻기 위해서라면 자식인 자신도 망설임 없이 내칠 수 있다는 것을.

다만 그것을 억지로 부인하고 있었을 뿐이었다. 진실을 억지로 무의식에 봉인하고 있었던 것이다.

코끝과 눈가가 시큰해졌다.

"크크큭."

그가 낮게 웃었다.

천마검에 비해 자신의 존재가 밑이라는 것은 애초에 알고 있었지만 이렇게 얼터지는 현실이 너무나 서럽게 느껴졌다. 하늘은 왜 하필 자신의 시대에 천마검을 태어나게 했는가?

천마검만 아니라면 자신은 탄탄대로를 달렸을 것이다. 모두가 열광하는 가운데 나중엔 교주의 자리까지 올랐을 것이다.

그런데 천마검이 천마동에서 살아 나오면서 모든 것이 일그러지기 시작했다.

자신을 향해 보내던 환호는 어느새 천마검에게 쏠렸다. 자신은 그저 자신일 뿐인데, 변한 것이 없는데 모든 이들이 천마검과 자신을 비교했다.

이기려고 죽을힘을 다했다. 자는 시간, 먹는 시간도 쪼개 가며 수련을 거듭했다.

그러나 자신이 한 발 앞으로 나아가면 놈은 수십 걸음 앞에 있었다.

불세출의 천재.

하필 그런 놈이 자신과 동시대에 그것도 같은 곳에서 같은 꿈을 꿨다.

패왕의 별.

자신에게 그 별은 언제나 하늘 높은 곳에 있는, 닿을 수 없는 자리에 있었다. 그 별이 되고 싶다고 말한다면 모두가 비웃을 것이 빤했다.

그러나 놈은 당당하게 말했다.

패왕의 별. 그것은 자신의 별이라고.

그리고 사람들은 고개를 끄덕였다.

'천마검이라면.' 이라는 말을 내뱉으면서.

뇌악천은 떨리는 아랫입술을 깨물다가 눈살을 찌푸렸다.

자신과 백운회의 눈이 마주쳤다.

백운회가 싸늘한 미소를 머금었다. 그 섬뜩한 미소에 뇌악천은 자신도 모르게 자라목이 되었다.

설마 자신의 손도 자르려는 건가?

순간 뇌악천의 눈이 찢어질 듯이 커졌다. 아니, 복건궁 앞의 모든 이들이 눈을 부릅뜨고 숨을 들이켰다.

천마검 백운회.

그가 계단 위에서 발을 앞으로 내디뎠다. 그런데 그가 밟는 것은 계단이 아니라 허공!

백운회는 허공을 밟으며 밑으로 내려섰다.

천천히, 아주 천천히.

월마룡이 신음을 삼키고 나직하게 중얼거렸다.

"천상제(天上梯)."

천상제!

허공을 계단 밟듯이 오르내리는 경신술을 말한다.

강호의 이름 높은 고수들 중에 천상제를 흉내 내는 사람이 간혹 있긴 하다. 하지만 흉내일 뿐.

저렇게 아주 느린 속도의 천상제를 펼칠 수 있는 사람은 없었다.

그나마 가장 근접한 모습을 보일 수 있는 사람은 딱 한 명이었다.

정파 무림의 무적검 한추광.

곤륜 최고의 절기이며 강호무림의 일절이라 일컬어지는 운룡대팔식. 사백 년간이나 실전됐던 그 경신술을 한추광이 완성시켰다.

그러나 엄밀히 말하면 천상제와 운룡대팔식은 달랐다. 이른바 제대로 된 천상제는 고금제일인이라 불리는 천마이후로 세상에 처음 등장하는 것이었다.

모든 이들이 백운회를 보며 압도되는 감정을 느꼈다.

관태랑조차 백운회가 천상제를 펼칠 수 있는지 몰랐기에 충격을 받은 표정으로 눈을 치켜떴다. 그리고 한 가지를 깨달았다.

대주께서는 이제 진신의 실력을 모두 보이기로 한 것이

다. 즉, 본교 내부를 개혁하겠다는 의중을 드러낸 것이었다.

다시는 당문세가에서와 같은 황당한 패배를 당하지 않기 위해서. 흑랑대주와 같은 충신들이 권력자들의 정치놀음에 억울하게 희생되는 것을 막기 위해서.

질식할 것 같은 정적 속에서 침 삼키는 소리만 들렸다.

천마 조사가 천상제를 펼쳤던 나이가 마흔아홉이라고 했다. 그러나 백운회는 이제 겨우 스물아홉.

입이 다물어지지가 않았다.

그리고 마침내 백운회가 멍하니 서 있는 뇌악천 앞에 다다랐다.

여전히 백운회는 허공에 떠 있었고 그의 발은 뇌악천의 얼굴 반 장 거리 앞에 자리했다.

뇌악천과 백운회의 시선이 허공에서 부딪쳤다.

백운회의 입술이 열렸다.

"꿇어라."

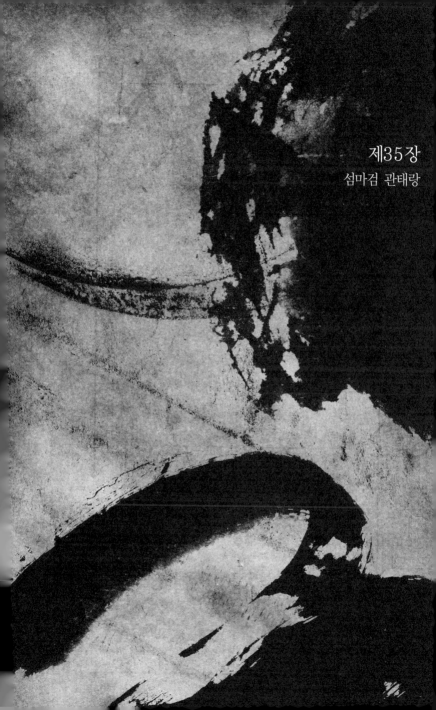

제35장
섬마검 관태랑

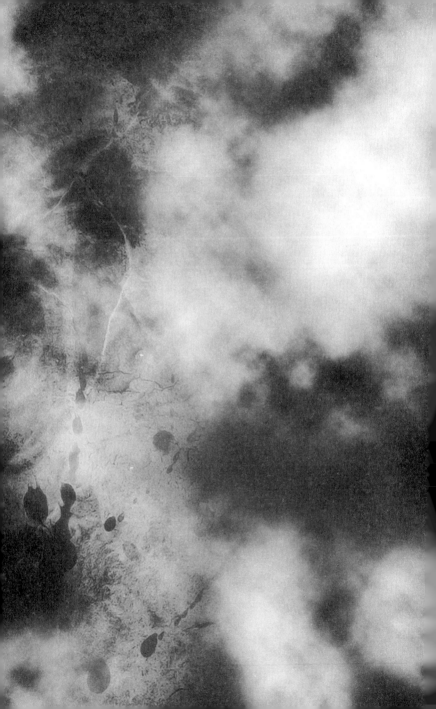

1

뇌악천은 몸이 와들와들 떨렸다. 이가 딱딱 소리를 내
며 부딪쳤다.

걷잡을 수 없는 두려움이 그의 육신과 정신을 꽁꽁 옭
아맸다. 세상에서 가장 두려워하는 아버지에게서도 이런
공포를 느낀 적은 없었다.

무릎을 꿇으라고?

대 천마신교의 소교주인 자신이 말인가?

그것의 의미가 뭔가.

복종이다.

뇌악천은 입술을 꽉 깨물었다. 얼마나 강하게 깨물었는지 입술이 터져 버렸다. 붉은 핏방울이 주르륵 흘렀다. 턱에 모인 핏물이 땅으로 떨어졌다.

모두가 숨을 죽이고 백운회와 뇌악천을 주시했다.

사실 백운회의 이런 요구는 가당치도 않은 것이다. 그럼에도 그 어떤 누구도 이의를 제기하지 않았다. 아니, 할 수가 없었다.

뇌악천의 눈에 실핏줄이 터졌다. 그의 눈자위가 머리칼처럼 붉게 물들었다.

"천마검……."

그의 부름에 백운회가 외쳤다.

"꿇어!"

우르르르릉.

대기가 진동하며 몸살을 앓았다. 내공이 약한 이들이 화들짝 놀라 급히 단전의 공력을 더 끌어 올려 귀를 보호했다.

어찌나 그의 소리가 컸는지 먼 곳에 자리한 숙소에서 불이 켜졌다.

뇌악천의 무릎이 덜덜 떨렸다. 당장이라도 무릎을 꿇고 싶은 마음이 들었다. 하지만 결코 그럴 수는 없었다.

수많은 이들이 지켜보고 있었다. 여기서 무릎을 꿇어

복종한다면 자신은 본교로 돌아간다 한들 설 자리가 없었다. 아버지도 자신을 내칠 것이 분명했다.

"천마검, 너는 아까…… 다시 정파와…… 싸울 것이라고 했다."

"그래서?"

"돕겠다. 목숨으로 싸워…… 무너진 본교의 위상과 명예를 되세우는 데 일조하겠다. 사령관인 네 명에 충실히 따르겠다."

백운회가 싸늘한 표정으로 소리 없이 웃으며 뇌악천을 내려다보았다. 그리고 고개를 저었다.

"필요 없다. 나와 천랑대만으로도 그들을 쓸어버릴 수 있으니까."

"……!"

"게다가 나에겐 너와 같이 허우대만 무사가 아니라 진짜 무사들이 모여 있는 흑랑대도 있다."

말을 마친 백운회는 살짝 미간을 찌푸렸다. 흑랑대를 언급하면서 흑랑대주를 잊고 있었다는 것이 떠오른 것이다.

백운회는 뇌악천 뒤쪽 이장 거리에 어정쩡하게 서 있는 파륵을 불렀다.

"파륵."

파륵은 넋이 빠진 얼굴로 천마검을 보고 있다가 화들짝 놀라 대답했다.

"네? 옛! 천랑대주님."

"산문으로 내려가 흑랑대주에게 방면됐다는 것을 통보하도록."

"존명!"

파륵은 허리를 직각으로 굽혀 예를 표하고는 발에 불이 나도록 산 밑으로 달렸다.

백운회는 멀어지는 그를 잠시 보다가 다시 뇌악천을 내려 보았다.

"이번이 마지막이다. 꿇어라."

백운회의 손에 들린 검이 살짝 흔들렸다. 그것을 본 뇌악천은 터져 나올 것 같은 신음을 삼켰다.

살이 송곳으로 찌르듯 따가웠다. 이건 단순한 마기가 아니다.

살기!

천마검은 진심으로 자신을 죽이려 하고 있었다. 아니, 어쩌면 손을 자르려는 것일지도 모른다. 그렇다면 차라리 손을 잘리는 것이 낫겠다 싶을 지경이었다.

살기가 짙어졌다.

뇌악천은 눈을 감았다. 그의 오금이 안으로 접혀졌다.

그의 무릎이 서서히 땅으로 다가갔다. 그때 관태랑이 불쑥 끼어들었다.

"대주님, 그만 명을 거두어 주십시오."

백운회의 미간에 깊은 골이 생겨났다.

"관태랑. 네가 나설 자리가 아니야."

관태랑은 담담한 얼굴로 여전히 허공에 떠있는 백운회를 올려다보았다.

"이것으로 족합니다. 장부는 그만둘 때를 알아야 한다고 했습니다. 더 이상의 모욕은 단순히 소교주뿐만 아니라 교주님 그리고 원로회, 장로회의 반발을 살 것입니다."

"관태랑!"

"몽혈비 장로님의 손을 잘랐습니다. 그것으로도 지금 한계 수위를 넘은 겁니다. 여기서 멈추셔야 합니다."

백운회의 눈이 사나워졌다.

"관태랑, 어차피 내친걸음이다."

관태랑은 쓴 미소를 지었다. 대주의 말대로 내친걸음이 맞았다. 왜냐하면 대주는 몽혈비 장로의 손을 자른 것보다 더한 일을 조금 전에 했으니까.

그는 이곳의 사람들 앞에서 본교 내부의 개혁 의지를 피력했을 뿐만 아니라 교주와 협력자이면서 동시에 최후의 제왕 자리를 두고 경쟁하는 사이라는 것까지 밝혔다.

관태랑은 그 점이 아쉬웠다. 아직은 시기상조였다는 생각이 들었기에.

하지만 곰곰이 생각해 보면 꼭 그렇지만도 않았다. 어차피 대주는 패왕의 별이 되겠다고 비공식적인 자리에서 의사를 피력해 왔으니까.

그럼에도 관태랑은 아쉬움이 가시질 않았다. 하지만 이미 벌어진 일이기에 안타까움을 애써 접었다.

"관태랑! 너는 허망하게 죽어 간 일천사백 동료와 수하들의 억울함을 못 느끼는가? 이것을 묵과한다면 두 번, 세 번 이런 일이 벌어진다. 권력과 정치 놀음에 묵묵히 자신의 할 일을 해 온 수하들이 허망하게 스러져 간단 말이야!"

관태랑은 고개를 끄덕였다.

"맞습니다. 대주님의 말씀이 옳습니다."

"그런데도 나를 막겠다는 건가?"

"예, 그렇기에 참으셔야 합니다. 청성산에 남은 이유가 무엇입니까? 민심을 얻기 위함이었습니다. 마찬가지로 마교와 흑천련의 많은 무사들을 포용하셔야 하지 않겠습니까?"

"……!"

"대주님. 칼에도 인정이 있어야 합니다. 모든 죄를 묻는다면 사람들은 작은 실수도 두려워하게 됩니다. 그럼 어느 누구도 적극적으로 일을 도모하지 않을 겁니다."

"모든 죄를 묻겠다는 것이 아니야. 이건 엄청난 죄야. 무려 일천사백이 죽은, 어처구니없는 사건이라고."

백운회의 신형에서 어마어마한 마기가 뿜어져 나왔다. 그에 뇌악천이 비틀거리면서 몇 걸음을 물러섰다.

관태랑의 머리카락이 마기로 인해 들이닥친 바람에 이리저리 흩날렸다. 거센 압박이 관태랑의 신형을 짓눌렀다.

그러나 관태랑은 여전히 흔들림 없는 미소로 말했다.

"무림서생이었습니다."

"뭐?"

"대주님께서 인정한 무림서생이었습니다. 그에게 당한 겁니다."

"……."

"물론 흑랑대주처럼 무사도를 지키려는 장수도 있습니다. 하지만 정치를 하는 이들도 많이 있습니다. 권력자 중에 제 목숨 아끼지 않는 사람이 있습니까? 알고 계신 것 아닙니까? 만약 제가 그곳에 있었더라면 저 역시 소교주와 같은 행동을 했을지 모릅니다. 대주님의 생로를 만들기 위해서 말입니다. 아니, 분명 그리했을 겁니다."

백운회의 눈동자가 거칠게 흔들렸다. 그는 신음을 나직

하게 흘렸다.

"관태랑……."

"대주님. 권력자들에게도 최소한의 체면은 지킬 여지를 주어야 되지 않겠습니까? 여기서 더 나아가면 본교와 흑천련의 수뇌부를 모두 적으로 돌리게 됩니다. 분열이 일 것입니다. 천하일통을 꿈꾸는 우리가 지금 분열해서야 되겠습니까? 또한 수많은 장수들은 작은 실수라도 할까 소극적으로 변하게 됩니다. 대주님의 눈치만 보게 됩니다. 그 어떤 것도 대주님의 향후 행보에 득이 되지 않습니다."

천마검은 고개를 올렸다.

까만 하늘에 박힌 무수히 많은 별들이 환하게 빛났다. 그리고 은하수 북쪽으로 붉게 빛나는 패왕의 별이 천마검의 눈 속으로 들어왔다.

관태랑은 그런 백운회를 잠시 보기만 했다. 그로 하여금 생각을 정리할 시간을 주기 위해서. 그리고 다시 말을 이었다.

"대주님, 이것으로 충분히 군율과 기강을 세우는 것을 보여 주셨습니다. 흑랑대주의 억울함도 풀었습니다. 이젠 아량을 보이실 차례입니다. 품으십시오. 깨끗한 것만 품지 마시고 더러운 것, 마음에 들지 않는 것까지 안으십시오. 그게 제왕의 길입니다."

"……."

"소교주는 처음 야전에 출진해 한 번의 실수를 했습니다. 그리고 그는 운이 없었던 겁니다. 하필 대주님께서도 인정한 무림서생이 그곳에 등장했으니까요."

백운회가 든 칼이 희미하게 떨렸다. 그의 손이 그리고 팔이 흔들리는 것이다. 그리고 그건 그의 마음이 격동하고 있음을 뜻하는 것이었다.

관태랑이 간곡하게 말을 이었다.

"소교주에게 다시 한 번 기회를 주십시오. 그럼으로써 향후 대주님이 거느릴 장수들이 스스로 생각하고 적극적으로 움직일 수 있게 하십시오. 물론…… 소교주가 다시 똑같은 실수를 저지른다면 설사 목을 치신다 한들 말리지 않겠습니다."

관태랑은 자신의 말을 마치고 무릎을 꿇었다. 그리고 고개를 숙였다.

천마검이 어떤 결정을 내리더라도 따르겠다는 복종의 표현이었다. 무례함을 물어 목을 치더라도 받아들이겠다는 의지였다.

백운회는 하늘을 보던 시선을 내려 그런 관태랑을 바라보다가 쓴웃음을 지었다.

"관태랑."

그의 나직한 부름에 관태랑이 고개를 들었다. 백운회는 멍하니 서 있는 뇌악천을 지나서 허공을 밟으며 내려오고 있었다. 그리고 관태랑의 앞에 착지해 말했다.

"낮에 내가 했던 말 기억하나?"

"무슨?"

"가장 어려운 것이 인정하는 거라고."

"……."

"난 가끔 자네를 시기했어. 인정하기 어려웠거든."

관태랑이 곤혹스러운 표정으로 눈을 치켜떴다.

"예? 무, 무슨 그런 말씀을."

"진심이야. 자네는 아마 죽는 순간에도 냉정함을 잃지 않을 거야. 나는…… 가끔 흥분하거든. 또한 싸움이나 전투가 아닌 대외 관계에서 자네는 나보다 훨씬 뛰어나. 그게 참 부러웠어."

"과찬이십니다."

"일어나."

백운회는 관태랑에게 손을 내밀었다. 관태랑은 그 손을 가만히 바라보다가 잡고 일어섰다.

백운회는 관태랑의 어깨를 툭툭 치며 말을 이었다.

"자네는 결코 내 밑에 있을 사람이 아니야. 그래서 늘 고맙게 생각하고 있어. 내 친구."

"……."

"한 가지 부탁이 있어."

"하명하십시오."

"명이 아니라 부탁이야."

"예, 무엇이든지 들어드리겠습니다."

백운회는 다시 한 번 관태랑의 어깨를 치고는 말했다.

"다시는 내 앞에서 무릎 꿇지 마. 부복 같은 거 절대로 하지 마."

"그럴 수는 없습니다. 어찌……."

백운회가 싱긋 웃으며 관태랑의 말허리를 끊었다.

"남아일언 중천금. 무엇이든지 들어주겠다고 했어. 천하의 섬마검 관태랑이 일구이언하겠다는 건가?"

관태랑은 한 방 먹었다는 표정으로 눈살을 찌푸렸다가 이내 어이없다는 표정으로 피식 웃었다.

"대주님."

"뒷정리는 자네에게 맡기지. 자네 마음대로 해. 나는 흑랑대주에게 가 봐야겠어."

"……."

"이마 많이 찢어졌을까?"

백운회가 손을 흔들며 어둠을 향해 걸었다. 그러자 관태랑이 백운회의 뒷모습을 보며 깊게 읍하며 중얼거렸다.

"저야말로 항상 감사하게 생각하고 있습니다. 당신이 나의 주군인 것을."

*　　　　　*　　　　　*

무림맹 사천 분타, 천류영의 거처.

독고설은 고개를 주억거리며 천류영의 말을 받았다.

"천마검은 흑랑대주와 흑랑대에 대해 잘 알고 있으니 그것을 이용해 진실을 파악할 것이다. 음…… 그렇겠네요. 역시!"

독고설이 엄지를 치켜세웠다. 그러자 천류영이 의아한 얼굴로 물었다.

"역시는 무슨 말이고 엄지는 또 뭡니까?"

"역시 무림서생, 천 공자! 최고라고요."

천류영은 그녀의 본 적 없는 모습에 당황했다. 이것을 뭐라고 불러야 할까? 애교라고 해야 하나?

검봉, 청화 외에 편월이라는 별호를 가지고 있는 그녀다. 까칠하기로 천하에 이름 높은 그녀가 애교를?

그럴 리가 없지 않은가!

천류영은 자신의 눈을 의심하며 대꾸했다.

"빙봉의 판단입니다."

독고설이 묘한 미소를 머금고 고개를 저었다.

"모두 다 알고 있어요. 대부분의 책략이 당신에게서 나왔다는 것을. 물론 빙봉 언니도 많은 도움을 주었겠지만."

천류영이 단호하게 고개를 저었다.

"아닙니다. 빙봉의 역할이 컸습니다. 혹시 그런 생각을 가진 분들이 있다면 잘 말해 주십시오. 안 그러면 제가 빙봉의 계책을 훔친 것이 되지 않습니까?"

독고설의 아미가 살짝 찌푸려졌다.

그러나 지금 그것을 가지고 왈가왈부하는 것은 맞지 않다고 생각되었기에 표정을 가다듬고 다시 의문점을 말했다.

"천마검이 진실을 알면 분노할 것이고 그로 인해 한 차례 피바람이 불고 분열이 일 것이라고 했잖아요."

"예, 아마도……."

"아마도요? 왠지 확신하지 못한다는 말로 들리네요."

천류영은 자리에서 일어났다. 그리고 창가로 움직여 창문을 열었다.

야심한 시간에 독고설 같은 절세미녀와 단 둘이 있으니 왠지 긴장이 되고 자신도 모르게 몸이 뜨거워지는 기분 때문이었다.

원래라면 아무리 미녀라도 그녀와 같은 무림인에게서는

이성의 감정을 느낄 수 없었다. 미모보다 칼이 먼저 머릿속에 연상되기 때문이었다.

그런데 독고설을 보니 자신이 다쳤을 때 서럽게 울던 모습이 다시 떠올라 영 어색했다.

이건 아니었다.

감히 어떻게 명문무가의 영애인 그녀를 여인으로 생각할 수 있단 말인가? 분수를 모르면 돌아오는 건 처절한 응징밖에 없다는 것을 천류영은 아주 잘 알고 있었다.

"저는 어렸을 때 천마검을 본 적이 있습니다. 당시 천마검은 북로동정군의 노예병이었어요."

독고설의 눈이 화등잔만 하게 커졌다.

기실 천류영이 천마검과 예전에 안면이 있을 것이라는 짐작은 이미 하고 있었다. 그러나 천마검이 노예병이었을 줄은 전혀 예상하지 못했다.

"서, 설마 천 공자도……."

"예, 저도 마찬가지였죠. 노예상에게 붙잡혀 팔리고 팔리다가 결국 거기까지 가게 되었죠. 하지만 나이가 너무 어려 싸우긴 무리였고, 글재주가 좀 있어서 대장군의 시종으로 발탁되는 행운을 누렸죠."

"아!"

독고설은 나지막한 탄성을 뱉고 고개를 끄덕였다.

짧은 말이었지만 그것으로 많은 것이 이해되었다.

무인도 아닌데 왜 피 튀기는 전장에 익숙한 표정이었는지, 계책을 꾸미고 상황을 파악하는 일을 어떻게 알게 되었는지.

천류영은 창밖으로 하늘을 올려다보았다. 때마침 패왕의 별이 그의 눈에 들어왔다.

"당시 천마검은 대단했어요. 그런 사람 있지 않습니까? 하늘이 재능을 부여한 사람. 천재들. 그런데 하늘이 실수한 걸까요? 재능을 부여해도 너무 엄청나게 줬어요. 그래서 저는 패왕의 별에 해당하는 사람이 정말로 존재한다면…… 천마검이라고 지금도 믿고 있어요."

"……."

"그는 신력을 타고 났어요. 열네 살 때, 상대가 내공을 쓰지 않으면 누구에게도 힘쓰는 거로 밀리지 않았죠. 또한 그는 어떤 초식이라도 한번 본 것은 잊지 않았어요. 아무리 어렵고 복잡한 초식이라도 바로 그 자리에서 거의 완벽하게 재현할 수 있었어요. 며칠 지나면 응용까지 하고 말이죠."

"그, 그 정도인가요? 진짜 천재, 아니 초천재군요."

독고설은 놀라서 혀를 내둘렀다.

상상이 가지 않았다. 그런 것이 가능하다면 그건 괴물

이었다. 아니, 무신(武神)의 강림일 것이다.

천류영이 돌아서 독고설을 보고 웃으며 말했다.

"지금 소저는 제가 무공을 모르니 과장하고 있다고 생각하시죠?"

천류영의 물음에 독고설이 정곡을 찔렸다는 표정으로 어깨를 으쓱했다. 천류영이 말을 이었다.

"그건 제 평가가 아닙니다. 당시 군에 있던 수많은 장수들이 내린 판단입니다."

"……."

"불과 열네 살의 나이에 삼백의 노예병을 이끌었어요. 믿겨집니까? 그야말로 전무후무한 일이죠. 그는 거의 쉼 없이 크고 작은 전투에 나섰는데…… 한 번도 패배한 적이 없어요."

천류영의 말에 독고설은 소름이 돋았다. 정말 괴물의 얘기를 듣는 기분이었다.

"더 놀라운 건……."

천류영의 말에 독고설이 고개를 절레절레 저으며 말했다.

"여기에서 더 놀라운 게 있나요?"

천류영이 빙그레 웃었다.

"예. 몇 번 노예병에게 하달된 명이 적에게 노출된 적이 있어요. 나중에 알게 됐지만 부대에 배신자가 있었거든요."

독고설은 긴장한 얼굴로 말을 받았다.

"함정에 빠져도 늘 살아 나왔다는 말이군요."

천류영이 고개를 끄덕였다.

"예. 그건 당시 천마검의 힘이나 무공이 강하다는 것만으로 치부할 수 없는 거죠. 즉, 그는 상황 판단력도 어느 누구보다 뛰어났어요."

독고설은 손사래를 쳤다.

"그, 그만요. 천마검과 싸워야 하는데 지금 겁을 주는 건가요? 만약 그렇다면 충분해요. 저는 지금 팔에 소름이 돋아났으니까."

천류영이 큭큭거리며 낮게 웃다가 다시 돌아 창밖을 보며 말했다.

"그렇게 완벽한 천마검에게도 약점은 있었어요."

독고설도 미소를 찾았다.

"그에게도 약점이 있다니 그거 정말 다행이네요. 그런데 그게 뭐죠?"

"약자, 그리고 함께 고생하는 동료에 대한 애정이 지나쳤어요. 그는 정적에 의해 가문이 몰락해서 어린 나이에 노예가 되었는데 그때 약자의 비애를 뼈저리게 느꼈던 것 같아요. 그것이 머리와 심장에 각인됐다고 할까요?"

천류영의 답변에 독고설은 황당한 표정을 지었다.

"그건 좋은 거 아닌가요?"

천류영이 고개를 저었다.

"과유불급이라고 하죠. 과했어요. 전투를 나가면 어쩔 수 없이 죽는 사람이 나오는데, 그건 당연한 건데 천마검은 엄청나게 자책했어요. 하루 정도 식음을 전폐하는 건 일도 아녔죠. 기껏해야 노예병의 수장이 무슨 힘이 있다고……. 가장 어려운 전선에서 임무를 수행하는데 말입니다."

"……."

"흑랑대를 통해 진실을 알게 되면 천마검은 분명 상당히 분노할 겁니다. 숱한 전투로 인해 나아졌겠지만 천성이 변하는 건 아니니까요. 더구나 이번 당문 일은 수뇌부가 수하들을 짓밟은 것이니 더욱 그럴 겁니다. 그리고 그로 인해 분열이 일 테고요. 분명 그럴 것인데 다만……."

독고설은 천류영의 말꼬리가 흐려지며 왠지 그가 긴장한다는 느낌을 받았다.

"다만? 뭐죠?"

"그를 통제할 만한 책사나 장수가 그의 곁에 존재할 수도 있다는 거죠."

독고설의 눈가가 잘게 떨렸다.

그녀는 잠시 침묵하다가 침을 꼴깍 삼키고 물었다.

"천마검을 통제하는 사람이라…… 그런 사람이 있을까요? 진심으로 없었으면 좋겠네요."

그녀의 솔직한 말에 천류영은 소리 없이 웃다가 정색하고 말했다.

"모르죠. 저 역시 없기를 간절히, 아주 간절히 바랍니다."

천류영은 진짜 그런 사람이 없었으면 좋겠다는 것을 말뿐만 아니라 표정으로도 충분히 드러냈다. 그에 독고설은 자신도 모르게 쓴웃음을 머금었다.

"네, 저도 천지신명께 그런 사람이 없기를 기원할게요."

그녀의 말에 천류영이 고개를 갸웃거렸다. 그리고 이내 독고설이 무엇을 걱정하는지 알고는 피식 웃었다.

"사실 상관없습니다."

"예? 하지만 지금 당신은 아주 간절히 천마검을 통제할 수 있는 인물이 없기를……."

천류영이 그녀의 말을 끊었다.

"독고 소저는 지금 우리의 계획에 차질이 생겨 패배할 것을 우려하시는 것 아닙니까?"

"그, 그렇죠."

천류영은 귀밑머리를 긁적거리며 말했다.

"조금 또는 매우 어려워질 순 있어도 결국 우린 이깁니다. 그럴 자신이 있어요. 저는 사천 땅의 지리는 훤하거든요. 천마검이 선수를 쥐고 있는 것으로 보이지만 진짜 선수는 제가 쥐고 있어요. 그러니 싸움은 너무 걱정하지 마세요."

"……"

"저는 지금 천마검을 걱정하고 있는 겁니다."

독고설은 말문이 막혔다. 머릿속이 헝클어졌다.

2

독고설은 혼란스러운 눈으로 천류영을 보다가 한숨을 뱉고는 자리에서 일어났다. 그리고 이번엔 그녀가 창가로 다가가 다시 창문을 열었다.

싸늘한 밤바람이 그녀의 뺨에 닿았다. 그러자 헝클어진 머릿속이 조금은 정리되는 기분이 들었다.

"밤도 깊었고, 천 공자도 피곤할 테니 딱 세 가지만 더 물어볼게요. 왜 천마검이 아니라 당신이 선수를 쥐고 있다는 거죠?"

"회의실에서 빙봉이 말한 것처럼 그는 사천분타에서 나온 저를 쫓을 겁니다."

독고설의 눈에 이채가 스쳤다. 아까 천류영이 언급한, 사천 땅의 지리에 훤하다는 말이 떠올랐다.

"아! 천 공자가 원하는 장소에서 천마검과 대적할 수 있다는 뜻이군요."

"맞습니다."

독고설은 무심코 고개를 끄덕이다가 눈을 치켜떴다.

어떻든 간에 이길 수 있다는, 천류영이 보여준 자신감을 생각하니 문득 한 가지 가정이 뇌리를 스쳤다.

"설마……."

그녀는 살짝 입술을 떨다가 말을 이었다.

"천마검과 이렇게 싸우게 될 것을 미리 예상하고 어떤 장소에서…… 어떻게 그를 맞을 건지 준비하고…… 있었나요?"

그녀의 질문은 무척이나 느리게 흘러나왔다.

말을 하면서도 말도 안 된다는 생각이 자꾸만 들었기 때문이었다. 동시에 말로 형용할 수 없는, 섬뜩하면서도 소름이 돋는 전율이 그녀의 등줄기를 관통했다.

그런데 천류영은 뭔가 어이가 없다는 표정을 짓고 독고설을 보다가 대꾸했다.

"소저께는 이미 말하지 않았습니까?"

독고설의 커진 눈동자가 더 커졌다. 절대 그런 말을 들은 적이 없다는 기색이 표정으로 역력히 드러났다.

그러나 천류영은 피식 웃다가 어깨를 으쓱하고 말했다.

"사한현에서 떠나 성도로 들어오는 날 아침. 아침 준비하는 동안 근처 바위에서 함께 일출을 봤던 거."

"……?"

독고설은 당황하면서 고개를 갸웃거렸다.

그때 무슨 얘기를 했더라?

그러니까…… 맞다!

그때 나눈 대화는 마음가짐에 관한 것이었다.

천류영은 무림에 들어온 이상 어떻게 살아야 할지 고민했었다. 그러면서 많이 모자라니 도와달라고 부탁했었다. 그래서 자신이나 조전후 그리고 함께 있던 무사들도 천류영에게 부탁한다고 말했었다.

독고설이 '대체 그게 뭐?'라는 낯빛으로 연신 고개를 갸웃거리자 천류영이 입맛을 다시고 말했다.

"제가 그때 무림에서 살게 되었음에도 한 가지 두려운 것이 있다고 했었습니다."

"예? 그런 게……. 아! 맞아. 그랬어요. 천마검과 맞서는 것이 두렵……."

독고설은 말꼬리를 잇지 못하고 얼어붙었다.

이제야 기억났다. 그때 천류영이 했던 말이.

천류영은 독고설의 표정을 보고는 미소를 머금었다.

"기억나셨군요."

"예. 천마검이 두렵지만…… 그에게서 도망가지 않겠다고 했죠. 예, 그렇게 말했어요."

독고설은 팔등에 소름이 이는 것을 느꼈다. 그녀는 살짝 진저리를 치고는 천류영의 까만 눈동자를 똑바로 보며 말을 이었다.

"그러니까…… 이미 그때 천마검과 이렇게 싸우게 될 것도 예상하고 있었다는 거군요. 저는 그냥 단순히 천마검을 피하지 않겠다고 말하는 것이라 생각했는데 말이죠."

천류영이 말없이 고개를 끄덕였다.

"그리고…… 상황이 이렇게 흐르고, 결국 천마검과 싸우게 될 순간을 맞아서 뭔가 준비하고 있었다는 말이고요."

"당연하지요. 준비 없이 어떻게 천하의 천마검과 싸울 수 있겠습니까? 당시 마차를 호위하던 귀가의 무사분들. 그분들도 저를 도와주겠다고 하셨잖습니까? 그래서 그분들은 지금 제가 말한 장소에서 바쁘게 준비를 하고 있습니다."

독고설은 말문을 잃고 얼어붙었다.

천류영은 그들이 지금 어디에서 무엇을 하고 있는지 이어서 말했다.

그리고 결국 그녀의 잇새로 나직한 말이 흘러나왔다.

"괴물……."

천류영이 고개를 주억거리며 끼어든 그녀의 한 마디를 받았다.

"예, 괴물인 천마검을 상대하기 위해서는 이렇게 상대할 수밖에……."

독고설은 자신도 모르게 낮게 웃음을 터트렸다. 기가 막혀서 눈물까지 찔끔 나왔다.

천마검이 괴물이라고?

맞다. 그는 어마어마한 괴물이다.

하지만 말이지. 그럼 당신은 뭐라고 불러야 할까?

괴물인 천마검을 사로잡을 생각을 하고 있는 당신은?

당문과의 싸움이 시작되기도 전에 천마검과의 싸움까지 준비한 당신은 대체 뭐라고 해야 할까?

한편 천류영은 난데없는 독고설의 행동에 당황했다. 그러나 그녀 나름대로의 안도감을 표현하는 방법이라 생각하고 말했다.

"천마검은 저를 쫓아 제가 판 함정으로 들어올 겁니다. 선수는 제가 쥐고 있는 거지요."

*　　　　　*　　　　　*

"함정이 있을 겁니다. 천랑대주도 짐작하고 계시겠지만 무림서생은 호락호락한 상대가 아닙니다. 아니 치가 떨릴 정도로 무서운 인물입니다."

초지명은 무뚝뚝하게 말했다. 그러자 금창약을 손수 바르고 붕대로 초지명의 이마를 감던 백운회가 싱긋 웃었다.

"나도 그렇게 생각하오. 그리고 아마 녀석은 나와 싸울 것을 두려워하면서도 설레고 있을 거요. 나처럼 말이지."

"……."

"왜냐하면 서로 대화를 나누지는 않았지만 암묵적으로 알고 있는 거야. 이번 싸움의 궁극적 목표는 상대를 잡아야 한다는 것임을. 이기는 자가 갖는 것이지. 지는 자는 결과에 승복해야 될 터이고."

초지명은 뜻 모를 한숨을 뱉고 말을 받았다.

"무림서생의 함정. 쉽게 생각했다가 어려운 지경에 처할 수도 있습니다. 상상, 그 이상일 겁니다."

"흑랑대주."

"예."

"난 말이지. 지금까지 살아오면서 어떤 싸움도 쉽게 생각한 적이 없소. 아무리 결과가 빤한 싸움이라도 단단히 준비했소."

초지명은 입술을 꾹 깨물었다가 피식 웃었다. 천마검의 말은 사실이었다.

천마검은 늘 자신만만했다. 그것이 전투에 임하는 그를 보는 사람들로 하여금 너무 긴장감이 없다는 생각을 하게 만들곤 했다.

하지만 진실은 달랐다.

그가 그토록 자신감에 차 있을 수 있는 것은 스스로를 믿는 이유도 있었지만 그만큼 꼼꼼하게 싸움을 준비하고 전황을 두루두루 살피며 상황에 맞는 최선의 판단을 내리기 때문이었다.

"그럼에도 불구하고 조심하십시오. 상대가 무림서생이니까 말입니다. 그가 천랑대주를 상대로 준비한 함정이라면 필시 만만치 않을 테니까요."

초지명은 여전히 우려를 드러냈다. 무림서생에게 연달아 두 번이나 패한 탓도 있었지만 그 내용이 소름 끼쳤기 때문이었다.

백운회는 붕대를 매듭지으며 대꾸했다.

"나는 어린 시절부터 숱한 함정에 빠졌었소. 그리고 천마동 안에도 판단을 잘못하면 그 순간 죽어 버리는 함정들이 숱하게 존재했소."

"예, 그랬겠지요."

"또한 지난 십 년간 새외무림 정복전에서도 상대는 나를 잡기 위해서 별의별 기상천외한 함정을 팠었소."

백운회는 매듭을 끝맺고 초지명의 어깨를 툭툭 쳤다. 그리고 그의 앞으로 이동해 마주 보며 자리에 앉았다.

"그 어떤 함정도, 어떤 음모도 그리고 어떤 강력한 적도 나를 묶어 둘 순 없소. 내 앞을 막는 것은 태산이라도 벨 것이오."

"……."

"나는 계속해서 나아갈 것이오. 예전에 그랬듯이 지금도 그럴 것이고 앞으로도 마찬가지요."

*　　　　*　　　　*

독고설은 감탄하며 천류영을 향해 말했다.

"아무리 천마검이라도 천 공자의 함정에서 벗어날 수는 없겠네요."

완전하게 불안감이 가시는 것은 아니었다. 천류영이 함

정의 내용에 대해 두루뭉술하게 말했기 때문이었다. 그러나 그의 눈빛과 어조에서 느껴지는 자신감이 나름 안도감을 선사했다.

독고설은 손바닥으로 자신의 턱을 매만지다가 물었다.

"그런데 함정 얘기는 아까 회의에서도 나오지 않았는데…… 빙봉 언니도 모르는 건가요?"

"예, 아는 사람이 많아서 좋을 건 없으니까요."

"그건 그렇죠. 자칫 비밀이 새어 나가면 큰일이니까."

그녀는 고개를 주억거렸다.

사람들은 천류영이 그저 천마검을 상대로 시간을 끌 것이라고만 생각하고 있었다.

물론 그것이 쉽지는 않겠지만 풍운과 백호단이라면 어느 정도는 가능할 것이고, 점창을 포기하고 돌아올 아군이 합류하면 승리할 수 있으리라 믿고 있었다.

그렇기에 빙봉의 판단이 중요했다.

회군의 판단이 너무 이르면 천마검이 눈치를 채고 빠져나갈 터이고, 반대로 늦으면 천 공자와 풍운, 백호단이 위험해질 테니까.

"빙봉 언니가 진실을 알면 섭섭해하겠는데요? 언니는 천 공자가 모든 것을 다 알려 줬다고 믿고 있는 것 같던데."

"글쎄요. 신이 아닌 이상 전황이 어떻게 전개될지 확신할 수 없습니다. 저는 최악의 경우도 가정하고 있으니까요. 그래서 빙봉이 긴장의 끈을 늦춰서는 안 되기에 함정에 관한 것은 말하지 않은 겁니다."

독고설은 의아한 표정으로 물었다.

"최악의 경우라면?"

"제 함정마저 무용지물로 만들 만큼 천마검의 실력이 상상 그 이상일 경우. 예를 들면……."

천류영은 잠시 입술을 다물었다가 말을 이었다.

"천마검이 검짓으로 거대한 바위를 가르고 신선처럼 허공을 걸어 다닌다면……."

천류영은 본의 아니게 말꼬리를 멈춰야 했다. 독고설이 손으로 입을 가리고 웃음을 터트린 것이다.

"호호호. 천마검이 대단한 건 인정하지만 그건 너무하잖아요. 그의 나이 스물아홉이라고요. 아무리 괴물이라고 해도 그건 불가능해요."

천류영이 어깨를 으쓱하며 말을 받았다.

"그렇겠지요?"

"아무렴요. 아무리 괴물이고 초천재라 해도 한계가 있는 거라고요."

독고설은 단언하며 주먹까지 불끈 쥐었다가 갑자기 묘

한 눈빛으로 질문을 던졌다.

"그런데 빙봉 언니한테도 안 한 얘기를 저에게는 왜 해주는 거죠?"

그녀가 그냥 스치듯 한 질문에 천류영은 말문이 막혔다.

원래 이 얘기는 아무에게도 하지 않으려고 했다. 그런데 그녀의 눈빛과 표정에서 자신을 걱정하는 마음이 전해져 와 자신도 모르게 술술 털어놓고 만 것이었다.

돌이켜 보면 그녀는 늘 자신이 위험에 빠질까 봐 전전긍긍했다.

흑랑대주를 구하기 위해 천마검이 달려올 때 그녀는 말했었다. 어떻게든 해볼 테니까 당신만은 도망치라고. 살라고!

사한현의 고향집에서 그리고 마차 사고 때 자신을 위해 기꺼이 눈물을 흘렸던 사람.

그녀의 말 한마디, 한마디가 애틋하지 않은 것이 없었다. 허언이 아니라 진실로 그녀는 목숨을 내놓으려고 했었다. 보잘 것 없는 자신을 위해서.

그녀는 왜 그랬을까?

자신을 무림에 들어오게 한 책임감 때문이겠지?

어쨌든 그런 그녀가…… 더 걱정하고 근심하며 고통스

러워하는 모습이 보기 싫었다고 말하면 될까? 아니면 그녀의 눈물을 더 이상 보기 싫어서라고 하면 될까?

"그게…… 한 명쯤은 알고 있는 것도 나쁘지 않겠다 싶어서요. 별 뜻은 없었습니다."

독고설의 입가에 쓴 미소가 스쳤다.

"예…… 그렇군요."

분위기가 어색해졌다. 천류영은 그것이 싫어 화제를 돌렸다.

"남은 두 질문은 뭡니까?"

그의 물음에 독고설은 뭔가 섭섭한 감정을 추스르고 가능한 담담하게 말했다.

"그건…… 천마검을 설사 생포하더라도, 그는 정파무림에서 살아갈 수 없어요. 그건 아시지 않나요? 무림맹이나 정파의 명숙들은 고사하고 이곳의 사람들도 용납하지 않을 거예요. 당장 무적검 한 대협을 생각해 보세요. 그에게 천마검은 철천지원수예요."

천류영은 어깨를 으쓱하고 묘한 미소를 지었다.

"그건 걱정하지 않으셔도 됩니다. 공식적으로 천마검은 죽은 게 될 테니까요."

"……?"

"자, 그럼 마지막 질문이 남았군요. 뭐죠?"

독고설은 천류영이 두 번째 질문에는 대충 넘어가려는 것이 눈에 훤히 보였다.

그건 일종의 배려였다.

천마검의 사후 처리 조작에 대해 알 필요는 없다는, 자칫 나중에 사실이 알려져 큰 파장을 일으킬 수 있는 일에서 제외시키려는 것이었다.

그녀는 고개를 끄덕이며 마지막 질문을 던졌다.

"천마검이 걱정된다고 했잖아요. 그것도 그에게 조언을 하는 좋은 책사나 장수가 있다면 그렇다고. 그 말이 잘 이해가 안 가서 말이죠."

천류영은 귀밑머리를 긁적이며 잠시 침묵하다가 피식 웃었다.

"사실 그건…… 그냥 우려일 뿐입니다. 그러니 두 번째 질문처럼 신경 쓰지 않으셔도 됩니다."

그러나 이번엔 독고설도 물러서지 않았다.

"그냥 우려라고 해도 듣고 싶어요."

그녀는 천류영의 눈을 똑바로 쳐다보았다. 그런 그녀의 얼굴은 꼭 대답을 듣고 싶다는 고집이 가득했다.

천류영은 그녀의 표정에 결국 졌다는 듯이 어깨를 으쓱하고는 입을 열었다.

"썩은 살은 도려내야 합니다. 내가 기억하는 천마검이

라면 분명 그럴 겁니다. 그런데 중요한 시기에 분열을 두려워해 그것을 방치하자는…… 나름 때에 맞는, 현명할 수도 있는 조언을 하는 자가 있다면, 자칫 더 큰 재앙으로 돌아올 수 있습니다. 짐승은 은혜를 기억하지 않아요.”

독고설의 눈에 이채가 스쳤다.

“짐승이라면…… 당문으로 쳐들어왔던 적들의 수뇌부를 말하는 건가요?”

천류영이 고개를 끄덕였다.

“예. 제가 살려 보낸 흑랑대주로 인해 진실을 알게 되면 그들은 충격과 혼란에 빠질 겁니다. 그러나 시간이 조금 흐르면 뒷일이 걱정될 겁니다. 억울하게 희생당한 사람들의 슬픔보다 자신의 거취가 최우선인 사람들. 그게 바로 권력자들이니까요.”

“……”

“더불어 소교주는 더 고통스러울 겁니다. 오명뿐만 아니라 차기 교주 자리에서 영원히 탈락할 것을 예감할 테니까요. 그가 바보가 아니라면 권력자는 정적, 그것이 설사 잠재적이라 하더라도 결코 가만두지 않는다는 것을 알 겁니다. 죽이거나 끊임없이 탄압하죠.”

약간 굳어 있던 독고설의 표정이 스르르 풀렸다.

“만약 그들의 내부에서 칼부림이 일어난다면 우리로서

야 손 안 대고 코 푸는 격이니 좋은 것이 아닐까요?"

"예. 그건 분명히…… 그렇죠."

천류영은 짤막하게 대꾸하고 쓴 미소를 지었다. 그 모습에 독고설은 천류영이 진심으로 천마검을 원하고 있다는 것을 깨달았다.

천류영은 천마검과 승부해서 그를 이기고, 그를 가지고 싶어 한다는 것을.

천마검과 천류영.

이 두 괴물은 서로를 간절히 원하고 있었다.

독고설은 창가에서 다탁으로 걸어와 천류영의 맞은편 의자에 앉고는 말했다.

"천마검에게 위험이 닥칠 수도 있다는 말. 공감돼요. 뭐, 일이 그렇게만 풀리면 우리야 좋지만……. 하지만 반대로 생각하면, 천마검이 그런 위험을 예상하지 못할까요?"

천류영이 싱긋 미소 지으며 말했다.

"그래서 우려일 뿐이라고 말했잖습니까? 너무 신경 쓰지 마시라고 말했는데…… 굳이 듣겠다고 한 건 소저입니다."

"예? 아니 그런, 나는 진짜 진지하게 고민했는데."

독고설은 억울하다는 기색으로 울상을 지었다. 그러자

이번엔 천류영이 정색했다.

"좋은 겁니다. 그렇게 상상하세요."

"예?"

"어떤 사건이나 호기심, 사람들의 심리 그리고 전장도 좋습니다. 아니면 지금 익히고 있는 무공도요. 모든 것에 대해 끊임없이 의문을 품으세요. 그리고 확률이 적더라도, 그것이 우려에 불과하더라도 계속 상상하세요. 그것이 소저의 사고 폭을 크게 넓혀 줄 겁니다. 그것이 소저를 더 높은 곳으로 데려가 줄 겁니다."

독고설은 천류영의 맑은 눈을 빤히 마주하며 물었다.

"천 공자는…… 그렇게 수많은 상황, 많은 사람들의 심리에 대해서 의문을 품고 상상하는 거군요."

"예. 해답은 '왜?'라는 질문이 없으면 나오지 않으니까요."

3

백운회와 초지명이 대화를 나누는 내실 안으로 관태랑이 들어섰다. 그러자 초지명이 나직하게 웃음을 터트리며 농을 건넸다.

"하하하, 섬마검. 아까 자네에게 팔을 잡혀 끌려 나갈 때 오금이 저렸다네. 하지만 자네라면 내 목을 칠 만한 자격이 있다고 생각했었지."

그 농에 관태랑이 쓴 웃음을 머금고 대꾸했다.

"설마 진짜로 흑랑대주님에게 그런 일을 할 것이라고 생각하셨다면 섭섭하군요. 저, 관태랑입니다."

"음. 그럼 자네처럼 천랑대주의 명에 충실한 사람이 설마 항명이라도 할 생각이었나?"

관태랑의 입가에 걸린 쓴 미소가 짙어졌다.

"이미 항명을 했습니다."

소교주의 처벌을 막은 것을 말한 것이다. 흑랑대주는 이미 그 얘기를 들은 터라 고개를 주억거리며 말했다.

"솔직히 놀랐네. 자네가 그토록 싫어하는 소교주를 감쌀 줄은 몰랐어."

"……."

"하지만 자네의 말이 일리가 있어. 깨끗한 것만 품고서야 제왕에 오를 수 없지. 하지만…… 천랑대주님이나 자네가 잘 알아서 하겠지만 난 소교주를 믿지 않아."

관태랑이 담담하게 말을 받았다.

"저 역시 믿지 않습니다. 수하들을 죽이면서까지 살아나온 짐승을 어찌 믿겠습니까?"

그의 말에 초지명의 작은 눈에 기광이 일었다. 반면 백

운회는 그럴 줄 알았다는 표정으로 여유롭게 찻잔을 들며
말했다.

"이리 와 앉게."

"예."

관태랑이 원탁의 한쪽에 앉자 백운회가 그의 앞에 잔을
하나 놓고는 차를 따랐다.

그 모습을 지켜보던 초지명이 관태랑에게 물었다.

"섬마검, 그런 짐승들을 믿지 않는데 천랑대주에게 용
서하라고 한 것은…… 정말로 커다란 대의를 위해서였단
말인가?"

"예, 그렇습니다. 큰일을 하는 사람에게는 반드시 그에
맞는 대의명분이란 게 있어야 하니까요."

"허어. 참."

"그리고 다른 이유도 있습니다. 실리죠."

"……?"

"우리는 그들의 약점을 쥐게 된 겁니다. 흑천련의 수장
들은 본교의 교주파와 우리 대주님파로 갈립니다. 그 숫
자가 절묘하게 반반이지요."

초지명이 '아!' 하는 탄성을 뱉고는 이내 엷은 신음을
흘렸다.

"음……. 소교주와 함께 온 마불과 사혈강은 확실히 교

주파지. 천랑대주의 능력을 누구보다 인정하지만 그래서 두려워하고 경계하는 자들. 그렇군, 자네 말이 옳아."

초지명은 손으로 제 허벅지를 탁 치며 연신 감탄했다.

천마검이 당문세가에서의 일을 어쩔 수 없었던 일이라고 대신 변명해 준다면 마불과 사혈강은 비록 입지가 흔들리더라도 추락은 없을 것이다.

대신 마불과 사혈강은 천마검에게 큰 빚을 지게 된다.

이건 단순히 두 명의 수장을 얻는 것만을 뜻하지 않는다.

흑천련은 모든 안건을 다수결로 처리한다.

즉, 흑천련에서의 천마검의 입김이 교주보다 더 강해지는 것을 뜻했다.

초지명은 관태랑을 보며 안타까운 표정으로 혀를 찼다.

"자네는 부관이 아니라 하나의 부대를 맡아야 할 인재야."

"과분한 말씀입니다. 저는 저희 대주님을 보좌하는 일에 충분히 보람을 느끼고 있습니다."

"하긴 뭐, 천랑대니까. 그래도 자네의 재능과 재주는 아깝다는 생각이 들어. 자네가 한 부대의 수장이라면 그 부대가 어떤 모습일지 참으로 기대되거든."

초지명은 거침없이 말하다가 함께 있는 백운회를 보고

는 머쓱한 표정으로 소리 없이 웃다가 말했다.

"죄송합니다. 오지랖이 지나쳤습니다."

백운회가 고개를 저으며 들고 있던 찻잔을 원탁에 내려놓았다.

"아니, 나 역시 그렇게 생각하고 있소."

백운회는 관태랑을 보며 말을 이었다.

"소교주나 그 휘하의 정리는 끝난 건가?"

"예. 다들 정해 준 숙소로 돌아갔습니다."

"뭐, 그런 것까지 보고할 필요는 없는데⋯⋯. 자네도 이제 그만 돌아가 쉬어. 몇 시진 후 아침 식사를 마치면 다시 출정이니까."

관태랑은 찻잔을 들어 한 모금 마시고는 말했다.

"제게 하달해 주신 대주님의 전술에 대해 말씀드리고 싶은 것이 있습니다."

그의 말에 초지명의 눈에 이채가 스쳤다. 다른 사람도 아닌 천마검이 세운 계획에 의문을 표한다는 말인가?

백운회는 다시 찻잔을 잡으려다가 찰나 멈칫거렸다. 그러나 이내 자연스럽게 찻잔을 쥐고는 물었다.

"뭔가 문제라도 있나?"

"소교주는 결코 대주님께서 베푼 아량을 고맙게 여기지 않을 자입니다."

백운회의 입가에 다시 미소가 돌아왔다.

"내 생각도 자네와 같아."

"그는 분명 복수의 칼날을 갈고 있을 터이고, 그 기회는 우리가 정파와 붙기 전일 확률이 큽니다. 왜냐하면 흑랑대와 본대의 상당수가 점창을 치기 위해 빠진 틈을 타서……."

관태랑은 말을 멈추고 다시 차를 마시며 목을 축였다. 그리고 말했다.

"대주님을 노릴 수도 있습니다."

가만히 듣고 있던 초지명의 눈이 커졌다. 그의 고개가 백운회를 향해 홱 돌았다.

백운회는 여전히 미소로 차를 즐기고 있었다. 그 여유로움에 초지명은 쓴웃음을 깨물었다.

'과연…… 천랑대주도 이미 예상하고 있었던 거군.'

백운회는 부드러운 어조로 관태랑의 말을 받았다.

"자네는 점창파로 가지 않고 나와 함께 있겠다는 말을 하고 싶은 거군."

"예, 허락해 주십시오."

"나는 삼조, 사조만으로도 충분해. 자네의 이 말을 수라마녀나 마령검이 들으면, 꽤나 섭섭해할 거야."

수라마녀와 마령검은 절정 고수다. 그것도 야전에서 숱

한 싸움을 겪은 진짜 고수들이었다. 더구나 삼조와 사조의 수하들도 최정예이고 타고난 싸움꾼들이었다.

관태랑이 굳은 얼굴로 말했다.

"저와 저를 따르는 호위들까지 대주님 곁에 있으면 소교주도 감히 허튼 생각을 하지 못할 겁니다. 짐승은 그렇게 길들이는 것이지요."

백운회의 눈가가 찡그려졌다.

"걱정하지 않아도 돼. 나를 못 믿나?"

"꼭 소교주를 죽여야겠습니까?"

관태랑의 반문에 초지명은 앉은 자세에서 상체를 휘청거렸다. 그만큼 관태랑의 말이 충격적이었던 것이다.

천랑대주는 소교주에게 일부러 허점을 보여 그들을 자극하려고 했던 것이란 말인가?

초지명의 눈이 백운회를 쫓았다.

백운회는 입술을 꾹 깨물고 있다가 찻잔을 내려놓고는 한숨을 뱉었다.

"자넨 정말 못 당하겠군."

"죽이는 것보다 두고두고 이용하는 것이 훨씬 남는 장사입니다. 소교주는 교주님의 핏줄. 하지만 소교주는 이번의 황당한 실수로 교주님에게 내쳐질 수도 있다는 두려움도 간직하고 있을 겁니다. 그걸 잘 이용하면 그는 스스로 대주님께 굴복할 수 있습니다."

"……."

"소교주를 진심으로 굴복시킬 수 있다면 우리는 아주 많은 것을 얻을 수 있습니다. 교주파의 상당수는 소교주와 막역한 관계를 맺고 있으니까요. 또한 교주의 핏줄인 소교주마저 대주님 밑으로 들어간다는 것은 상징성이 꽤나 큽니다. 그건 이른바 제왕의 자리에 무혈입성할 수 있다는 것을 뜻합니다."

백운회는 한참 침묵하다가 입을 열었다.

"관태랑, 자네의 말은 언제나 그렇듯이 옳아. 하지만 자네도 소교주가 짐승이라는 것을 인정했듯이, 그는 길들여질 인물이 아니야."

곁에 있던 초지명이 고개를 주억거렸다. 그러나 관태랑은 자신의 주장을 굽히지 않았다.

"지금 소교주는 극심한 혼란과 우울에 빠져 있습니다. 그 스스로도 알고 있을 겁니다. 어떤 길이든지 선택해야 한다는 것을. 목숨을 걸고 도박을 할 것인지, 대주님과 거래를 할 것인지."

초지명이 끼어들었다.

"거래?"

"예. 아까 저희 대주님께서 몽혈비 장로에게 한 말이

있습니다. 선택해야 할 것이라고. 지금 누리고 있는 호사를 계속 누리고 싶다면 어느 쪽에 서야 할지 말이죠."

"호오…… 그럴듯하군. 맞아. 권력자들이 최후의 순간까지 놓지 않으려는 것은 바로 그들이 누리는 호사와 특별대우지."

"예. 그러니 그것을 보장해 준다면 소교주는 대주님 밑으로 들어올 공산이 큽니다. 왜냐하면 이미 그는 지휘관으로서 자격을 상실했으니까요."

"가능성이 없지 않겠어."

"무엇보다 소교주를 취함으로써 얻을 수 있는 것들이 매우 큽니다. 아니, 매우 크다는 말로도 부족하지요. 사실상 본교의 지존 자리를 힘들이지 않고 가질 수 있단 의미니까요. 모든 흐름이 그렇게 흘러가게 될 겁니다."

초지명은 고개를 끄덕이며 관태랑과 함께 백운회를 바라보았다.

백운회는 여전히 앞에 놓인 찻잔을 물끄러미 보면서 계속 침묵했다.

결국 관태랑은 백운회로부터 아무런 확답도 듣지 못하고 물러나야 했다.

함께 밖으로 나온 초지명이 기지개를 켜며 관태랑을 향해 말했다.

"천랑대주가 저리 고심할지는 몰랐는데. 의외야. 나 역시 소교주가 마음에 들지는 않지만 자네의 말을 듣고 곰곰이 생각해 보니 이건 굳이 손익을 따질 수도 없이 엄청나게 남는 장사인데 말이지."

말을 마치고 관태랑을 본 초지명은 흠칫거렸다. 실망에 차 있을 거라 생각했던 관태랑의 표정이 밝았기 때문이었다.

"자네…… 괜찮은 건가?"

관태랑이 미소를 지으며 답했다.

"저희 대주님께서는 이미 답을 주셨습니다. 그리고 전 그 답이 아주, 더할 나위 없이 마음에 듭니다. 과연 제 주군이십니다."

"응? 천랑대주는 아무 말도……. 아! 혹시 자네에게만 전음으로 뭔가를 전했나?"

"아니, 아무것도 말하지 않으셨습니다. 그리고 그게 최고의 명답이었습니다."

초지명은 어이가 없는 표정으로 관태랑을 보았다.

자신도 어딜 가면 나름 생긴 것과는 다르게 꽤 똑똑하다는 말을 듣는 편이었다. 그런데 천마검이나 섬마검만 보며 가끔 원숭이가 된 듯한 기분이 들었다.

지금이 그랬다.

"침묵이 최고의 대답이라는 건가?"

관태랑이 고개를 주억거리며 대꾸했다.

"예, 대주께서는 수하와 동료를 짓밟은, 짐승과도 같은 저들에게 먼저 손을 내밀 의사가 없다고 밝히신 겁니다. 그것이 아무리 커다란 이익을 가져다준다 해도 말이죠."

"……."

"그리고 소교주를 벼르는 중이라는 의사도 밝힌 겁니다. 일종의 협박이죠."

"음…… 그게 그렇게 되는 건가? 쩝. 난 그냥 고심을 거듭하고 있는 것으로만 생각했는데."

초지명은 고개를 절레절레 저으며 말을 이었다.

"그러니까 소교주가 알아서 기어 들어오라는 거군."

"예, 그렇습니다. 소교주에게 진심으로 굴복하라고 침묵으로 윽박지른 것이지요. 이제 남은 건 소교주의 선택뿐입니다."

초지명은 관태랑이 소교주의 거처로 갈 것을 알고는 고개를 끄덕였다.

"자네는 참으로 바쁘군. 그러고 보니 늘 그랬어. 보이지 않는 곳에서 천랑대주의 손발이 되어 정신없이 움직였지. 오늘 곁에서 보고서야 왜 천랑대주가 자네를 그토록 아끼는지 새삼 깨달았네."

관태랑은 고개를 저으며 말을 받았다.

"아닙니다. 저는 저희 대주님에게 턱없이 부족합니다."

그 말에 초지명은 혀를 차다가 물었다.

"이 싸움에서 천랑대주께서 무림서생을 얻으면 자네는 삼인자로 물러나겠군. 조금 아쉽지 않나?"

그러자 관태랑이 정색하고 초지명을 바라보았다.

"무림일통을 향한 큰 싸움은 이제 시작에 불과합니다. 수많은 영웅호걸들이 쓰러져 가겠지요."

"……."

"한 사람의 큰 인재가 우리에게 있다면, 우린 그만큼 사랑하는 동료와 수하들을 덜 잃게 될 것입니다. 무림서생이 저희 대주님께 많은 도움을 주고, 그로 인해 동료와 수하의 생명을 조금이라도 아낄 수 있다면…… 저는 무림서생을 위해 제 머리카락으로 신발을 삼을 수도 있습니다."

"……!"

초지명은 흔들리는 눈동자로 관태랑의 결연한 눈빛을 보았다. 그 안광이 말하는 것은 추호의 거짓도 없는 진실함이었다.

관태랑은 초지명에게 고개를 숙이고 어둠 속으로 총총히 사라졌다. 그 뒷모습을 물끄러미 보던 초지명은 결국 감탄을 내뱉었다.

"하아…… 참으로 사나이로다. 그러고 보면 소교주의 안목도 나쁘지는 않았던 것이군. 섬마검을 얻기 위해 그리 아등바등 거렸으니. 저런 자를 밑에 거느릴 수 있다면…… 천하에 그 누가 부러울까?"

때마침 복건궁 계단 아래에서 기다리고 있던 몽추와 파륵이 뛰어 올라왔다.

"대주님, 여기서 혼자 뭐하시는 겁니까?"

"밑에서 한참 기다렸지 말입니다."

초지명은 그 둘을 물끄러미 바라보았다. 그러자 지척으로 다가온 둘이 걱정스러운 기색으로 물었다.

"괜찮으신 겁니까?"

"혹시 천랑대주가 무슨 잔소리라도 합디까?"

초지명이 피식 웃었다. 그리고 이내 크게 웃으며 둘 사이로 들어갔다.

초지명의 양손이 올라가 어깨동무를 했다.

"하하하. 사랑스러운 원숭이들! 아니다, 아니야. 내 너희들 같은 훌륭한 장수를 가졌는데 무엇을 또 바랄까? 욕심이 과하면 화를 입는 법이지."

몽추가 의아한 낯빛으로 고개를 갸웃거렸다.

"차를 마신다더니 술 한잔하신 겁니까?"

파륵이 인상을 긁었다.

"술은 우리와 해야지요! 흑랑대 모두가 대주님만 기다리고 있습니다."

몽추가 파륵을 노려보았다.

"내일부터 강행군이야. 싸움을 앞두고 술은 무슨!"

"대주님도 마셨잖습니까?"

"아니야. 술 냄새가 안 나잖아."

"에이. 그래도 대주님께서 저승 문턱까지 갔다 왔는데 한잔해야죠."

"어허, 이 사람이."

둘이 티격태격했다. 그 모습에 초지명은 다시 웃음을 터트렸다.

"하하하. 좋아, 좋구나. 너희들과 흑랑대원들이 난 참 좋다."

파륵이 눈을 가늘게 뜨며 몽추에게 말했다.

"거봐요. 대주님께서는 이미 한잔 걸쳤다니까요."

"이상하네. 술 냄새가 전혀 안 나는데?"

초지명은 두 조장의 어깨를 잡은 손에 힘을 주며 말했다.

"그래. 우린 우리대로 사는 거다. 머리 굴리지 말고 그냥 우리답게. 단순하게."

파륵이 비명을 질렀다.

"악! 손에 힘 좀 빼십시오."

몽추도 처음으로 파륵과 동조했다.

"헉! 대주님 악력이 사람의 것인 줄 아십니까? 힘 좀!"

그들을 내려다보던 달이 얼마 후 서산마루로 넘어갔다. 그리고 여느 때와 마찬가지로 태양이 떠올랐다.

많은 일이 있었던 밤을 뒤로 하고 마교와 흑천련의 사람들은 묵묵히 아침 식사를 했다.

모두의 얼굴에 긴장이 어렸다.

승리하던 패배하던 이 싸움은 마지막이 될 것이다. 승리하더라도 남은 인원으로 사천 땅에 머물 수는 없기 때문이었다.

그렇기에 더더욱 싸움의 결과가 중요했다.

사천 점령은 실패하더라도 이번 전투만큼은 승리해야 한다는, 자존심이 걸린 문제이기 때문이었다.

천하일통을 향한 전쟁의 서막.

그 서막의 끝이 어떻냐에 따라 향후 이어질 전쟁에서 기선을 제압하고 들어갈 수 있었다.

부상자들을 제외한 칠백여 무사들이 청성산 산문에 모여들었다.

그리고 그 모두가 산문 입구에 있는 천마검 백운회를 주시했다.

백운회는 전날 밤 보여 주었던 천상제를 펼쳐 허공을 밟고 올라섰다.

그러자 말로만 전해 들었던 이들의 눈에 경악이 어렸다. 모두가 숨을 죽이고 허공에 뜬 천마검을 올려다보았다.

백운회의 입술이 열리고 묵직하면서도 서릿발 같은 차가운 목소리가 흘러나왔다.

"죽어도 적진에서 죽어라. 그게 무사다."

그의 말에 적지 않은 이들이 찔끔하며 고개를 숙였다.

"사령관으로서 명하노니, 그대들을 막는 것을 모조리 부셔라. 본교와 흑천련의 힘이 얼마나 막강한지 정파인들의 뇌리에 깊숙이 새겨라! 다시 우리가 중원 땅에 들어오는 날, 그들이 우리의 이름만으로도 벌벌 떨게 만들어라!"

천마검의 말에 허공이 우르릉 떨었다.

"그대들의 의지, 그대들의 힘을 과시해라. 하늘이 놀라고 땅도 기함할 만큼 압도적인 무력을 드러내라! 그리하여 그대들의 힘으로 승리를 쟁취하라!"

"와아아아아!"

거대한 함성이 산문 앞을 휩쓸었다.

그 함성의 끝자락에서 천마검이 외쳤다.

"선봉! 출진하라!"

제36장
나의 그리고
우리의 사령관님

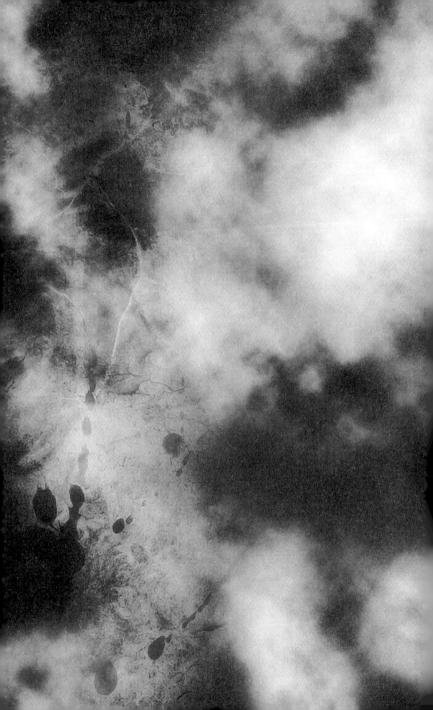

1

무림맹 사천 분타.

그 철옹성의 내부에 묘한 기류가 감지됐다.

전날까지만 해도 축제에 휩싸였던 정파인들이다.

그렇게 환하게 웃고 떠들던 이들의 얼굴이 점점 굳어 갔다. 그리고 그런 사람들의 숫자는 아침 식사를 하면서 급속도로 늘어났다.

단체로 식사를 하는 시간에 저변에서 조용히 흐르던 얘기들이 수면 위로 드러난 것이다.

아직 싸움은 끝나지 않았다는!

천마검은 결코 이대로 물러설 인물이 아니라는 얘기였다.

몇몇 사람들은 뜬소문이라고 웃음을 터트렸다. 그러나 천마검이 점창파를 노릴 것이라는, 윗분들 중 어느 분이 그런 말을 했다는 얘기가 흘러나오자 모두 숨을 들이켰다.

지원군으로 오는 점창파를 천마검이 노린다!

필연적으로 점창파를 향한 지원 얘기가 나왔고, 이 안전한 사천 분타에서 적지 않은 이들이 밖으로 차출되어야 한다는 말이 뒤따랐다.

사람들은 연신 침을 꿀꺽 삼켰다. 그리고 귀를 활짝 열었다.

자신이 속해 있는 곳이 점창파의 지원군으로 나서게 되는지, 아니면 이곳에 남는지.

하룻밤 만에 분위기가 완전히 뒤바뀌었다.

어제까지만 해도 천하에 무서울 것이 하나도 없을 것처럼 떠들던 이들의 어깨가 축 늘어졌다.

그도 그럴 만한 것이 이번에 싸울 상대엔 천랑대와 흑랑대가 있었기 때문이었다.

전날 열린 연회는 무림서생과 풍운의 얘기가 주를 이뤘다.

하지만 그 와중에서도 간간히 천마검이나 흑랑대주 그리고 그들이 이끄는 천랑대와 흑랑대에 관한 얘기도 흘러나왔다.

그들과 싸웠던 이들이 그때만 생각해도 아직까지 소름이 끼친다고 웃으며 말했다. 그렇게 웃을 수 있었던 이유는 바로 그들이 퇴각할 것이라 굳게 믿고 있었기 때문이었다.

그런데 그 무지막지한 고수들이 다시 싸움을 걸어온다니 긴장되지 않을 수 없는 것이다.

이렇게 사기가 급전직하하는 분위기는 곧바로 빙봉에게 보고됐다.

그녀는 밤을 꼬박 새웠다.

성도에 있는 세작들을 성도 서쪽 평야의 곳곳으로 배치하는 작업을 했기 때문이었다.

사냥꾼으로, 유목민으로, 부랑자로, 여행객으로.

그들은 그렇게 흩어져 진군해 올 마교의 동태를 살필 것이다. 물론 이런 작업은 천마검 쪽에서도 행하고 있을 것이었다.

부대의 이동 속도와 방향을 조금이라도 빨리 간파하는 것이 이번 전투에서 매우 중요하기 때문이었다.

모용린은 분타 내부의 사기가 그렇게 곧바로 떨어진 것에 실망하면서도 이미 짐작하고 있었다는 듯이 곧바로 말했다.

"어제 사람들이 무엇에 열광했죠?"

내부의 분위기에 대해 보고를 올린 중년인은 눈을 몇 차례 껌벅거리다가 답했다.

"그야…… 승리죠."

그 말에 모용린은 한숨을 푹 내뱉고 평소의 차가운 목소리로 말했다.

"무림서생입니다. 우리의 사령관."

그녀의 말에 중년인이 '아!' 하는 작은 탄성을 뱉으며 고개를 끄덕였다.

"그렇지요. 맞습니다. 풍운 소협과 함께 사령관님이 단연 화제의 주인공이셨죠. 그분이 함께한다면 어떤 싸움이라도 이길 수 있다고 모두들 떠들어 댔지요."

"맞아요. 혼돈의 시기엔 영웅이 필요하죠. 그와 마찬가지로 지금 이곳의 사람들에겐 기댈 것이 필요한 겁니다."

"예, 그렇지요."

"사령관도 밖으로 나갈 거라는 얘기를 퍼트리세요. 천마검을 잡고 완벽한 승리를 쟁취하기 위해서."

중년인의 얼굴이 환하게 펴졌다. 그는 만면에 미소가 가득한 얼굴로 말했다.

"사령관께서 밖으로 나가십니까? 묘책이 있는 거군요. 알겠습니다."

그는 짧게 읍하고 밖으로 뛰어나갔다. 그 모습에 모용린은 찰나 어안이 벙벙한 표정을 지었다가 피식 웃고 말았다.

"이 정도였던가?"

자신은 저들에게 어떤 기대도 주지 못한다는 생각에 분함과 씁쓸함마저 들었다.

"하지만 어쩔 수 없는 일이지."

그녀는 현실을 인정했다.

어제 연회에서 화제의 주인공이었던 무림서생과 풍운. 처음엔 사령관의 가짜 무형지독의 책략에 모두 집중했지만 중반엔 풍운에게 관심이 이동했다.

왜냐하면 모두가 무인들이기 때문이었다.

하지만 결국 관심은 천류영에게 다시 이동했다.

곤륜의 도사 중 입담이 아주 걸출한 인물이 얘기를 꺼내면서부터였다.

그는 천류영이 아미파의 비구니로 변장한 천마검의 간자를 간파하는 열 가지 이유부터 시작해서, 소문으로 떠돌던 얘기를 나열했다.

그리고 드러난 사실은 소문보다 훨씬 대단했다.

물론 얘기를 하는 사람이 워낙 입담이 좋았던 것도 한몫했다.

그러나 아미파를 돕기 위해 무작정 적들을 공격하는 것이 아닌 세 번의 충격파로 전의를 꺾고, 뭍에서 배수진을 쳐 학익진으로 변화시키고 등등. 소문의 내용과 당시의 현장 상황을 세세히 묘사하는 설명은 하도 기발해서 이야기책에서나 나올 법했다.

아마 사람들은 그렇게 그 시간을 웃고 환호하며 즐겼을 것이다.

그러나 잠자리에 드는 시간에 거의 모든 사람들은 천류영에 대해서 다시 생각했을 것이다.

풍운의 고강함은 한마디로 요약된다.

어떻게 그 나이에 그렇게 강하지? 라는 것으로.

그러나 천류영은 달랐다.

그 상황에서 어떻게 그런 판단을 했지? 어찌 이런 상황에서 그런 선택을 할 수 있을까? 자신이었다면 열 가지이유 중 몇 가지나 간파할 수 있었을까?

그렇게 끊임없이 의문을 만들어 내고 계속해서 천류영에 대해 생각하면서 쉼 없이 감탄했을 것이다.

막강함은 강렬하게 사람의 머리를 흔들고 지나가면 그것으로 끝이지만 천류영이 만들어 낸 일들은 사람들로 하여금 계속 되새김되며 혀를 내두르게 할 것이었다.

"휴우우, 세상에서 가장 빠르게 거물로 성장한 사람 중

한 명이 되겠군요. 사령관."

그녀는 혼잣말을 중얼거리고는 자신의 앞을 내려다보았다.

책상 위에 놓인 화선지.

그녀는 그 텅 빈 종이를 몇 번이나 펼쳤다가 다시 접었는지 모른다.

그때 문밖에서 인기척이 들리고 사내의 목소리가 들려왔다.

"접니다."

하월 팽우종이다.

"들어오세요."

팽우종은 문을 열고 들어와 모용린을 바라보며 침묵했다.

그녀는 손으로 책상 앞에 놓인 원탁을 가리키며 말했다.

"앉으세요. 생각보다 늦게 왔네요."

그녀는 시비를 불러 차를 내오게 하고는 팽우종이 앉은 맞은편에 자리했다.

팽우종은 시녀가 차를 내오고 자리를 뜰 때까지 침묵하다가 입을 열었다.

"빙봉. 묻고 싶은 것이 있습니다."

"두 가지죠?"

"……."

"무림서생은 과연 천마검으로부터 안전할 수 있느냐는 것과 총군사에게 보고서를 작성해 보냈는지에 대해서. 아! 두 번째 질문은 수정할게요. 보고서의 내용이 궁금한 것이겠죠."

팽우종은 말없이 찻잔을 들어올렸다. 그러자 모용린이 말을 이었다.

"첫 번째 궁금증에 대한 답은 나도 정확히 몰라요. 그는 분명 뭔가 회심의 수를 준비하고 있는 느낌인데 말하지 않았어요. 그건 극도의 보안을 요한다는 것이고 또한 굳이 내가 알 필요가 없다는 뜻이기에 나도 묻지 않았어요."

"하지만……."

모용린은 손을 들어 그의 말을 제지했다.

"아직 제 얘기가 끝나지 않았어요. 나에게 그리고 우리에게 중요한 건 집중이에요. 선수를 쥔 천마검이 어떻게 부대를 운용하는지를 보고 그에 맞춰 움직이는 것이죠. 그것이 가장 중요해요."

"……."

"또한 무림서생은 풍운 소협과 백호단만 있으면 된다고 했어요. 천마검을 끌어들이고 버티겠다고. 그럼 제가 할 수 있는 건 너무 빠르거나 늦지 않게 지원군을 보내는 거예요. 그게 전부고, 그게 제일 중요해요."

팽우종은 한숨을 살짝 내뱉고 차를 마셨다.

"결국 어젯밤 회의와 별반 차이가 없는 얘기군요."

모용린은 팽우종의 어조에서 그가 섭섭해하는 것을 느꼈다. 그래도 자신들은 조금 더 친하지 않냐는, 그러니까 조금 더 정보를 풀어 주었으면 하는 것이 그의 기대일 터였다.

"더 말할 것이 없어 저도 미안해요. 하지만 진짜로 이게 다예요."

팽우종의 눈동자가 흔들렸다. 예전 같았으면 차갑게 묵살했을 터인데 지금 그녀는 자신에게 미안하다는 말을 하고 있었다.

그것만으로도 기분이 나아진 팽우종은 엷은 미소로 말했다.

"총군사께 전서구를 보냈습니까?"

그녀는 쓴웃음을 짓고는 자신의 책상을 가리켰다.

"저 위에 빈 종이가 있어요. 당문의 싸움이 끝나고 사천 분타를 수복한 지가 언제인데……. 아아, 지금 나는 태어나 처음으로 직무유기 중이에요. 이런 식으로 업무를 태만히 한 적은 한 번도 없었는데."

그녀의 투덜거림에 팽우종은 묘한 느낌을 받았다. 세상 누구보다도 차가운 여인이 맞는가라는 생각마저 들 지경이었다.

"아직 무림서생에 대해 어떻게 보고할지 마음을 정하지 못했다는 말이군요."

그의 말에 모용린은 어깨를 으쓱하고 한숨을 내쉬었다. 그녀가 아무 말도 없자 팽우종이 말을 이었다.

"무림서생이 뜻한 바를 이루기 위해 가시밭길을 간다면 저는…… 그에게 협조할 겁니다."

모용린은 별 표정 없이 고개를 끄덕이며 찻잔을 들었다. 그러자 팽우종이 고개를 갸웃하며 말했다.

"놀랄 줄 알았는데……."

"하월 팽 소협이라면 그런 선택을 할 것이라 짐작하고 있었어요."

"빙봉도 함께했으면 하는 바람이지만 차마 권유를 할 수는 없더군요."

"……."

"자칫 사문과 등을 질 수도 있는 일이니까요."

모용린은 말없이 차만 홀짝였다.

그 모습을 가만히 보던 팽우종이 자리에서 일어났다.

그러자 모용린이 살짝 미간을 접으며 물었다.

"벌써 가시게요?"

"예, 용무를 마쳤으니까. 저는 그냥 왠지 제 결심을 당신에게는 말해야 할 것 같아서……. 그래서 온 겁니다."

"왜 저에게 속내를 밝히려는 마음이 든 건데요?"

팽우종은 그녀의 까만 눈을 바라보다가 어깨를 으쓱거렸다.

"잘 모르겠습니다."

"청성산 산문에서 제가 했던 말 기억하나요? 당신과 오랜 시간 벗을 하고 싶다고 했어요. 곁에서 많이 도와달라고 했어요. 그런데 시간이 얼마나 지났다고 저와 척을 질수도 있는 자리로 가겠다는 건가요?"

팽우종은 쓰게 웃었다.

"당신과 척을 지는 곳에 있더라도 나는 계속 그대의 벗일 겁니다. 약속드리죠."

"……."

"그럼 저는 이만 가 보겠습니다."

팽우종이 돌아서는데 그녀가 말했다.

"무림서생과 당신의 개혁을 막아야 하는 사람이 제가된다면요? 그럼 어떻게 할 건가요?"

팽우종은 입술을 깨물었다.

빙봉은 무림맹의 우군사다. 그녀는 분명 그런 역할을할 가능성이 높은 자리였다.

"그렇다면……."

팽우종은 말을 쉽게 꺼내지 못했다. 그러자 모용린이

찻잔을 내려놓고 따라 일어서며 말했다.

"천마검의 강함을 보고도 포기하지 않던 사람이 이렇게 약한 분이었나요? 의외네요. 이렇게 말해야죠. 나와 맞서 겠다고."

"……."

"나는 우군사의 자리를 포기할 수 없어요. 그리고 사문을 등질 생각도 없고요."

"예, 압니다. 그러셔야죠. 저 역시 밤새 고민을 해 봤지만 답은 하나였습니다."

"……."

"빙봉은 고생하지 않았으면 좋겠습니다."

"……!"

"당신은 힘들어 고통 받고 그러지 않으면 좋겠습니다. 좋은 곳에서 좋은 옷을 입고, 당신의 능력을 알아주는 곳에서 잘살았으면 좋겠습니다."

모용린은 입술을 꾹 깨물었다가 말했다.

"왜죠?"

"……."

"왜 내가 그렇게 비단금침 위에서 살았으면 좋겠다는 거죠?"

"그야…… 벗이니까. 벗이 잘살았으면 좋겠다는 것에

무슨 문제라도 있습니까?"

"……."

"그럼……."

팽우종이 발을 앞으로 내딛는데 모용린이 옆으로 따라붙었다.

"이제 점심시간이에요. 같이 식당에 가서 밥이나 먹죠."

팽우종의 눈이 화등잔만 해졌다.

"예? 하지만 빙봉은 식사를 항상 거처나 집무실에서만……."

"앞으로 좀 바꾸려고요. 밑에 사람들이 하는 얘기 좀 귀동냥하고 싶기도 하고."

팽우종은 다시 한 번 자신의 눈을 의심했다. 그녀가 확실히 예전과 달라졌다.

둘이 문을 열고 내실 밖으로 나가는데 장득무와 화가연이 다가왔다.

하지만 그 장면이 조금 당혹스러운 것이 화가연이 장득무의 팔을 붙잡고 고개를 저으며 뭐라고 말하고 있는 모습이었다.

그 소리는 이내 모용린과 팽우종의 귀로 파고들었다.

"사형! 제발 좀요. 정말 창피해 죽겠다니까요!"

화가연은 울상을 짓다시피 했는데 그러다가 모용린을

보고는 깜짝 놀라 멈췄다. 반면 장득무는 반색하며 사매의 손을 뿌리치고는 앞으로 달려왔다.

"어디 나가려던 참이었나 보군요. 지금 빙봉 누님을 만나러 온 참이었는데 엇갈리지 않아서 다행입니다. 팽 형님은 무슨 일로?"

팽우종은 어깨를 으쓱하고 굳이 대답하지 않았다. 어차피 용건이 빙봉에게 있다는 말을 들었기에.

빙봉이 평소와 같이 차갑고 도도한 표정으로 입을 열었다.

"장 소협이 저한테 무슨 용무죠?"

장득무는 구릿빛 얼굴의 이마를 소매로 훔치며 한숨을 푹 쉬었다.

"어휴, 이것 보십시오. 흥건한 식은땀이……."

모용린과 팽우종은 살짝 고개를 갸웃거렸다. 아무리 봐도 그냥 약간의 땀 같았기 때문이었다.

장득무가 연이어 한숨을 푹 내쉬다가 말했다.

"제가 어지간하면 밖으로 나가 천랑대건 흑랑대건 다 부셔 버리고 싶은 마음이 굴뚝같은데……. 아무래도 힘들 것 같아서 말입니다."

"……."

"제가 사령관을 구하러 몸을 던져 막아 낸 비수가 허벅지에 꽂힌 것은 다 알고 계시지 않습니까? 그런데 그 부상이 아무래도 점점 심해지는 것 같아서……."

팽우종이 말을 받았다.

"어젯밤 회의 때까지는 괜찮지 않았나? 뼈나 근육의 손상이 없어서……."

장득무가 손사래를 치다가 그 손으로 제 가슴을 쳤다.

"어휴. 괜찮다고 생각했다가 어젯밤을 꼬박 끙끙 앓았습니다."

"방금 이리 뛰어올 때도 괜찮아 보였는데."

장득무는 말없이 눈을 빠르게 껌뻑거리다가 이내 호탕하게 웃었다.

"하하하. 그거야 약한 모습을 보이기 싫어서 무리를 한 것이죠."

"……."

"정말 출정해 싸우고 싶은데, 몸이 이래서야 동료들에게 부담만 줄 것 같아서 용기 내어 말씀드리는 겁니다."

빙봉이 싸늘한 목소리로 말했다.

"장 소협은 상비군으로 빼놓겠습니다. 됐습니까?"

상비군은 사천 분타의 수비를 담당할 사람들과 함께 이곳에 남아서 모종의 사태가 발생할 때를 대비한 예비 부대였다.

장득무는 다시 한 번 한숨을 크게 내쉬고는 말했다.

"예. 역시 빙봉 누님의 현명한 판단입니다. 저는 정말 출정하고 싶은데. 휴우우…… 안타까워서 자꾸 한숨만 나오네요."

모용린은 시선을 화가연에게 옮겨 물었다.

"가연이도 상비군으로 가야겠지?"

장득무가 고개를 끄덕이며 대신 답했다.

"예. 저 녀석도 저처럼 밤새……."

화가연이 사형의 말을 끊었다.

"아뇨. 저는 출정할 거예요."

"사매, 너도 나처럼 밤새 앓았잖아."

"그런 적 없어요. 그리고 사형! 사형보다 더 큰 부상을 입은 사람들도 다 출정해요. 허리, 어깨, 팔을 다친 남궁 공자님이나 조전후 대협이나……."

"사매, 나도 웬만하면 그러고 싶어. 그리고 말이 나와서 하는 말인데 상비군이야말로 진짜 중요한 부대야. 예상 못한 사태가 발생하면……."

장득무의 말은 이어지지 못했다. 일단의 사람들이 우르르 몰려들었기 때문이다. 이곳의 수뇌부였다.

그 선두에 천류영이 있었다.

"빙봉, 아직 전서구를 받지 못했습니까?"

모용린이 눈을 빛내며 물었다.

"전서구요?"

"예. 밖에 있다가 전서구가 성내로 들어오는 모습을 보고는 이리 달려온 겁니다."

필시 적의 움직임에 관한 내용일 것이기에 천류영을 비롯한 수뇌부의 얼굴에 긴장이 역력했다.

모용린이 아직이라는 말을 꺼내려는 찰나 독고무영이 말했다.

"저기 오는군."

반대편에서 초로인이 달려왔다.

그는 천류영과 모용린을 보고는 잠시 망설이다가 이내 모용린에게 작은 쪽지를 넘겼다. 애초에 모든 전서구나 정보는 빙봉이 먼저 확인하기로 약속되어 있었던 것이다.

모용린이 쪽지의 암호를 곧바로 해석했다.

"적 선봉으로 보이는 사백 기마병, 천변산 옆 돌파. 빠른 속도로 남하 중. 흑랑대와 천랑대 포함."

해석되어진 암호가 그녀의 입에서 흘러나오는 순간 모두가 얼어붙었다.

한추광이 경악하며 말했다.

"사백 기마병? 말이 사백 필이나 있었단 말인가? 그럴 리가 없을 터인데?"

청성파의 신검룡 나한민이 고개를 저었다.

"본산의 주변 여섯 마을의 말을 다 끌어모아도 백오십여 필이 넘지 않아요. 그들이 가지고 있던 말은 오십여 필이라 하지 않았습니까? 이건 대체…… 사백 필이라니!"

천마검이 마적, 비적들에게 **빼앗은** 말. 그것을 이들은 몰랐다.

허를 찔린 이들은 아연한 얼굴로 서로를 쳐다보았다.

모용린이 머리를 흔들고 정신을 수습했다.

"지금 이럴 때가 아닙니다. 적이 생각보다 훨씬 더 **빠**르게 움직이고 있어요. 우리가 지체하다간 돌이킬 수 없는 상황에 직면할 수도 있습니다."

천류영이 고개를 주억거리며 말을 받았다.

"천마검은 저만 노리는 게 아닙니다. 미끼로 생각했던 점창파까지 끝장낼 요량인 겁니다."

원래 예상대로라면 불가능하다. 그러나 이백 필의 말이 추가됐고, 그렇게 사백 명의 고수들이 기동력을 확보했다면 얘기는 달라진다. 그들은 점창을 깨부수고 천마검과 합류해 천류영도 노릴 터였다.

모두가 자신도 모르게 호흡이 가빠지는 것을 느꼈다.

독수 당철현이 입술을 부르르 떨다가 말했다.

"점창은…… 원래의 계획대로 포기할 수밖에."

독고무영이 반박했다.

"원래의 계획과 다릅니다. 애초에 우린 그들이 점창파를 슬쩍 건드리기만 하고 물러날 것이라고 예상했어요. 추가 지원을 결정해야 합니다. 그렇지 않으면 점창파는 붕괴됩니다. 장문인을 비롯한 칠백 명이 몰살할 겁니다."

청우 율사가 끼어들었다.

"독고 가주님의 말씀이 옳습니다. 하지만 현실은 독수 어르신의 의견을 따라야 할 것 같습니다. 왜냐하면 우리는 점창에게 추가로 보낼 정예가 없습니다. 그렇다고 어젯밤에 결정한 병력만 보낸다 해도 밑 빠진 독에 물 붓기밖에 되지 않을 공산이 큽니다."

청우 율사의 말이 결정타였다. 잠깐의 침묵이 흘렀다.

독고무영은 양손으로 자신의 얼굴을 감싸고 흐느끼듯 말했다.

"아미파와 청성파의 많은 이들을 잃었어요. 거기에 점창파까지 잃으면……."

그때 천류영이 말했다.

"백호단을 추가로 보내면 해볼 만할 겁니다."

모용린이 천류영의 의견에 반색했다.

"맞아요. 기존의 병력에 백호단이 합세한다면……."

그녀는 말을 잇지 못했다.

백호단은 천류영과 함께해야 했다. 침묵하고 있던 낭왕

방야철이 흔들리는 눈동자로 천류영을 보며 말했다.

"천 공자. 그럼 자네는? 자네는 가장 위험한 천마검이 노리고 있어."

천류영은 입술을 꾹 깨물고 눈을 빛냈다.

"저는…… 상비군과 함께 움직이겠습니다."

그 순간 누군가가 털썩 주저앉았다.

장득무였다.

2

사람들은 흘낏 장득무를 보았으나 대수롭지 않게 여겼다. 천마검의 전격전(電擊戰)에 놀랐다고만 여긴 것이다.

모두의 시선이 다시 천류영에게 향하는 순간 독고설이 외치듯 말했다.

"불가해요! 절대로 받아들일 수 없어요. 그리고 여기 계신 분들도 사령관의 제안을 받아들여서는 안 되고요."

모두가 입술을 깨물고 침묵했다. 그러자 독고설이 이를 갈다가 말했다.

"대체 왜? 왜 항상 어려운 곳에 힘도 없는 천 공자가 앞에 있어야 하는 거죠? 이건…… 너무 염치없는 짓이라고요."

그러자 남궁수가 입을 열었다.

"사령관 그리고 우군사. 아예 사령관도 함께 점창파를 돕기 위해 움직이는 것은 어떻습니까?"

그의 제안에 장득무가 벌떡 자리에서 일어나 말했다.

"저, 정말 탁월한 의견입니다."

모용린은 그를 쳐다보지도 않고 남궁수를 향해 말했다.

"안 돼요."

남궁수가 왜 그러냐는 질문을 던지려는데 장득무가 먼저 말했다.

"왜 안 됩니까?"

모용린은 여전히 남궁수를 보며 말했다.

"그럼 천마검도 점창파를 향해 움직일 테니까요."

모용린은 천류영이 모종의 함정을 준비하고 있음을 짐작하고 있었다. 그러니 방금 남궁수가 들이민 제안은 검토할 가치도 없었다.

그러자 남궁수가 다시 질문을 던졌다.

"그럼 사령관이 이곳에서 나가지 않는 것은 어떻습니까?"

이번 질문엔 꽤 많은 이들이 동시에 고개를 주억거리며 공감의 표정을 지었다.

남궁수의 말이 이어졌다.

"사령관을 노리는 천마검은 분명 사령관이 언제 나갈지

촉각을 곤두세우고 주변에서 대기할 겁니다. 하지만 사령관은 나가지 않고, 천마검을 붙들어 두는 것이지요. 그렇게 시간을 끄는 방법도 나쁘지 않다고 생각하는데 어떻습니까?"

실의에 잠겼던 장득무의 낯빛이 순간 태양처럼 빛났다. 그가 손까지 힘껏 치켜들며 외쳤다.

"과연 남궁 형님! 엄청난 고견입니다. 비검 장득무, 정말 감탄했습니다."

장득무의 고함에 화가연이 놀라 옆으로 달라붙어 그의 옆구리를 꼬집으며 속삭였다.

"사형! 미쳤어요? 어른들께서 계신 자리에서 이 무슨 추태예요?"

화가연은 사형이 부끄러워 얼굴은 물론 목까지 붉어져 있었다. 장득무도 자신이 지나쳤음을 깨닫고는 고개를 푹 숙였다.

'나도 안다. 하지만 이렇게 속수무책으로 사지로 들어갈 수는 없잖아!'

그는 속으로 절규하며 모용린을 보았다. 남궁수의 의견에 어떤 답을 내놓을지 바짝 긴장하는 눈빛으로.

모용린은 또다시 고개를 저었다.

"그것도 안 돼요."

장득무의 얼굴이 시커멓게 변했다. 남궁수는 이해할 수 없다는 표정으로 물었다.

"왜입니까?"

모용린은 예의 싸늘한 시선으로 남궁수를 보며 대꾸했다.

"상대는 천마검이에요."

"⋯⋯?"

"우리가 지연전술을 펼친다면, 과연 그가 눈치채지 못할까요?"

"하지만 그가 뭘 어떻게 할 수 있겠습니까? 사령관은 철옹성인 이곳에 있을 터인데."

모용린이 약간 짜증스러운 기색으로 말을 받았다. 마치 이런 말로 아까운 시간을 낭비하는 것이 탐탁지 않다는 기색이었다.

"사령관이 나올 낌새가 보이지 않는다면 천마검은 곧바로 점창파를 향해 달려갈 거란 뜻이에요."

"아!"

"아시겠어요? 지금 점창에 지원 보낼 병력만으로도 승부를 장담할 수 없습니다. 거기에 천마검이 합세하면⋯⋯ 우리는⋯⋯."

그녀는 말을 흐렸다. 자존심 상하는 말을 굳이 끝까지

할 필요가 없었기 때문이었다.

천류영이 뭔가 생각하는 표정으로 침묵하고 있다가 말문을 뗐다.

"저는 풍운과 상비군이면 족합니다. 그렇게 할 수 밖에 없다는 거 다 아시지 않습니까?"

독고설이 남궁수의 제안에 한 가닥 희망을 걸었다가 절망하고는 천류영을 보았다.

"상비군 팔십 명. 딱히 고수도 없어요. 그들로 천마검과 그가 이끄는 천랑대를 상대하겠다고요?"

천류영이 어깨를 으쓱거렸다.

"어쩌겠습니까? 조금 아쉽지만……."

독고설이 윽박질렀다.

"조금 아쉽다니! 그게 무슨 말도 안 되는 말이에요!"

그녀의 고함은 방금 전 장득무보다 더 컸다. 그러나 어느 누구도 장득무에게 보냈던 눈총을 그녀에게 보내지 않았다.

그녀가 아까 한 말이 비수처럼 가슴에 꽂혀 있기 때문이었다.

염치가 없다는 그녀의 말이.

독고설은 시선을 한쪽 구석에 있는 풍운에게 옮겼다.

"풍운!"

풍운이 당황하며 답했다.

"네? 예, 독고 누님."

"너 혼자 천마검 상대할 수 있어?"

"아…… 그게 그러니까……."

풍운은 고개를 옆으로 숙이며 난감한 표정을 지었다. 그러자 독고설은 모용린을 향해 질문을 던졌다.

"언니, 상비군 팔십 명이 천랑대의 어느 정도를 대적할 수 있다고 생각해요? 열 명? 이십 명?"

모용린은 입술을 깨물며 독고설의 시선을 회피했다.

그러자 독고설이 더 강하게 쏘아붙였다.

"천랑오마라는 절정 고수 중 두어 명이 천마검 곁에 있다면요?"

그녀는 주변의 사람들을 훑고 말했다.

"이건 염치가 없는 정도가 아니라 너무 비겁한 거 아닌가요? 천 공자는 신이 아니에요. 사람이라고요. 아무리 천재적인 머리를 가졌어도 이렇게 압도적인 전력 차이로는…… 천 공자가 뭘 해볼 수도 없다는 거, 다 알잖아요."

당철현이 주먹을 불끈 쥐고 말했다.

"동감이야."

팽우종도 말했다.

"저 역시 독고 소저의 의견에 동의합니다."

한추광이 고개를 끄덕였다.

"나 역시."

그렇게 사람들이 동의하기 시작하자 장득무는 환희에 젖어 부르르 떨었다. 그리고 자신도 조용히 동의한다며 손을 들었다. 이번엔 소리칠 필요도 없었다. 워낙에 많은 사람들이 함께했으니까.

점창파의 희생을 가장 안타깝게 여기던 독고무영도 고개를 푹 숙이고 말했다.

"설이의 말이 옳아. 맞네."

그러자 잠시 지켜보던 모용린이 군웅을 한 차례 훑고는 싸늘하게 말했다.

"어이가 없네요. 그럼 여러분은 여기 남아서 점창파가 몰락하는 것을 그냥 지켜보겠다는 건가요?"

남궁수가 말했다.

"다시 점창 장문인께 전서구를 띄워야지요. 강력한 경고를 해야지요."

"마교도 사백이 달려간다고 점창 장문인이 눈 하나 깜짝할 것 같아요? 그분은 천상 무인이고 벽창호인 거 다 아시잖아요. 그렇지 않았다면 우리가 지금껏 왜 고심을 했겠어요?"

"……"

"더불어 점창을 이대로 외면하면 세상에서 쏟아지는 욕이란 욕은 다 사령관에게 돌아갈 겁니다. 그걸 모르세요?"

핵심을 찌르는 그녀의 말에 사람들은 탄식했다. 그리고 마침내 천류영이 다시 말문을 열었다.

"빙봉의 말이 옳습니다."

모두가 입술만 깨물었다. 그 위로 천류영의 듣기 좋은 음성이 달렸다.

"이제껏 저를 믿어 주었듯 이번에도 그냥 믿어 주십시오. 세상의 어느 누가 제 목숨 아까운 것을 모르겠습니까? 살 방도가 없는 것이 아니니 너무 걱정하지 마십시오."

그의 말에 한추광이 물었다.

"정말 괜찮은 건가? 무슨 묘책이라도?"

천류영이 빙그레 웃었다.

"사실 예상보다 더 빠듯해지겠지만…… 그럼 그에 맞게 대응하면 됩니다."

"……?"

"시간이 없습니다. 여기 계신 여러분 상당수가 점창파를 향해 출진하셔야 하지 않습니까?"

그리고 얼마 후, 점창파를 향해서 삼백의 지원군이 무림맹 사천 분타를 빠져나갔다.

사천 분타의 성벽에서 그들이 멀어져 가는 것을 나란히 서서 지켜보던 천류영과 모용린은 서로를 마주 보고 피식 웃었다.

　모용린이 먼저 말을 건넸다.

　"나에게까지 아직 말하지 않은 비책이 뭔지는 몰라요. 하지만 하나만 부탁할게요."

　"예, 말하십시오."

　"정말 어쩔 수 없는 지경에 처하면 투항하세요. 천마검은 당신을 죽이지는 않을 테니까."

　천류영은 그녀의 말에 빙그레 웃었다. 그녀의 마음씀씀이가 전해져 가슴이 따뜻해지는 기분이 들었다.

　대체 왜 이 사람에게 빙봉이란 별호가 붙었는지 의아할 따름이었다.

　그녀는 잠시 침묵하다가 화제를 돌렸다.

　"천마검의 전격전으로 우리가 세웠던 계획의 상당 부분이 엉망이 되었어요."

　"사실……."

　천류영은 말을 시작하자마자 끊고 흐렸다. 그러자 모용린의 눈에 이채가 스쳤다.

　"설마 이것도 예상했었다는 건가요?"

　천류영이 손사래를 쳤다.

"아까 독고 소저가 한 말 중에 진실이 있습니다. 저는 신이 아니라는 말이요."

"……."

"천마검이 이런 전격전을 펼칠지 누가 예상이나 할 수 있었겠습니까? 사백여 필의 말이 있었다니."

그때 그들에게 어깨를 축 늘어뜨린 장득무가 다가왔다. 그는 상비군을 모두 만나 보고는 기댈 인물이 없다는 것에 절망한 낯빛이었다.

장득무가 땅이 꺼져라 한숨을 뱉으며 둘의 대화에 끼어들었다.

"그러게 말입니다. 갑자기 그 많은 말들이 다 어디서 나온 건지. 젠장!"

그러자 천류영과 모용린이 동시에 입을 열었다.

"아마도 주변 마적들……."

"분명 청성산 백 리 밖의 마적……."

둘은 말을 멈추고 서로 마주 보았다. 그리고 함께 소리 없이 웃었다.

그러다가 다시 성 밖의 풍경으로 시선을 옮기고 대화를 이었다.

"사령관, 천마검은 정말 무서운 인물이라고 생각해요. 그가 마적을 소탕한 이유는 사령관도 알겠죠?"

"민심."

천류영의 짤막한 대구에 모용린이 고개를 끄덕였다.

"나는 천마검에게서 도통 약점을 찾을 수가 없어요."

"글쎄요."

"……?"

"약점이 없는 게 약점일 수도 있습니다."

천류영의 모호한 말에 모용린의 눈동자가 흔들렸다.

그녀는 잠시 침묵하다가 고개를 주억거렸다.

"그렇군요. 맞아요."

"……."

"사령관은 그 약점을 공략하려는 거군요."

"예."

그러자 주변에서 멀뚱하니 있던 장득무가 끼어들었다.

"무슨 대화가…… 선문답 같습니다."

그리고는 천류영의 옆에 붙어서 친근하게 그러면서도 묘한 절박감이 느껴지는 어조로 말을 이었다.

"저는…… 사령관님을 믿습니다."

"아, 예. 고맙습니다, 비검 장 소협."

"정말 믿습니다."

"예, 고맙습니다."

"정말, 무지하게 믿고 있습니다."

"……."

"앞으로도 계속 믿게 해 주십시오."

결국 천류영은 쓴웃음을 지으며 고개를 주억거렸다. 그러자 어이없다는 기색으로 장득무를 보던 모용린이 고개를 절레절레 젓고는 천류영에게 말했다.

"회의실로 가죠. 한 대협이 기다리고 계세요."

무적검 한추광은 부상이 심해 거동만 할 수 있었다. 그렇기에 모용린과 함께 이곳을 지키는 지휘관으로 남았다.

천류영과 모용린이 나란히 이동하자 장득무가 천류영 옆으로 따라붙으며 물었다.

"천마검은 언제쯤 도착할까요?"

천류영이 답했다.

"그는 적당한 속도로 움직일 겁니다. 아마 내일 오전이면 저는 그와 만나게 될 겁니다."

"하아…… 그렇군요. 얼마 안 남았네요."

장득무는 고개를 푹 숙인 채 힘없이 걸었다. 그리고 셋이 회의실로 들어서자 한추광이 그들을 반겼다.

"사령관, 이제야 오는군. 기다렸네."

"아!"

천류영은 당황하며 나직한 탄성을 흘렸다.

회의실 안에는 풍운만 있는 것이 아니었다.

독고설, 팽우종, 남궁수, 화가연, 당남우, 당혜미.

여섯 명의 후기지수들이 잔잔한 미소를 지으며 자리에 앉아 있었다. 그리고 독고설의 호위이기도 한 조전후도.

모용린이 빙그레 웃었다.

"여기 있는 분들의 의지가 관철된 것도 있지만, 어르신들께서 다 허락하셨어요. 천 공자만 남겨 두고 가기엔 염치가 없었던 거죠. 그리고 이건 그분들로서는 당신들께서 스스로 남는 것보다 더 어려운 결단이었다는 것을 알아주었으면 할 겁니다."

한추광이 말을 받았다.

"여기 있는 자들은 천 공자 평생을 함께해도 될 만한 사람들이 아닐까 생각하네. 가장 어려운 싸움을 하게 될 천 공자를 위해 기꺼이 사지를 선택한 사람들이니까."

천류영은 순간 묘한 감동에 휩싸였다. 괜히 가슴이 울컥했다.

"이럴 필요까지는……."

그가 말을 잇기도 전에 장득무가 눈물을 흘리며 앞으로 나섰다.

"저, 비검 장득무, 여러분을 믿었습니다!"

화가연이 양손으로 얼굴을 가리며 힐난했다.

"사형! 제발 좀!"

"아, 사매! 네가 나를 이렇게까지 생각하는 줄은."

"사형 때문에 남은 거 아니거든!"

"짜식, 쑥스러워하기는. 하하하. 어쨌든 고맙다. 그리고 고맙습니다."

조전후가 장득무를 지나쳐 천류영에게 먼저 다가왔다. 그리고 손을 내밀었다.

"역시 이번에도 네가 쓰러질 경우를 대비해서 업고 뛸 내가 있어야겠단 말이지. 크하하하!"

천류영이 그와 뜨거운 악수를 나누자 다음엔 팽우종이 나섰다.

"친해집시다. 앞으로 두고두고. 계속."

"예, 팽 소협."

"당신이 어떤 길을 갈지 아직은 잘 모르오. 그건 일단 이 싸움에서 살아남은 후 천천히 술 한잔하면서 얘기를 나눠 봅시다."

"고맙습니다."

남궁수가 빙그레 웃었다.

"이젠 친구로 받아 주는 건가?"

천류영도 따라 웃으며 반문했다.

"제가 그럴 자격이 있는 겁니까?"

"있다 못해 넘쳐. 그러니까 우리 이제 슬슬 말 놓을까?"

천류영의 미소가 짙어졌다. 왠지 코끝이 찡해졌다.

화가연이 쑥스러운 얼굴로 말했다.

"제가 사형이 사고 안 치게 잘 살필게요."

당남우는 머리를 긁적이다가 머쓱한 표정으로 말했다.

"형님, 이젠 아우라고 불러 주시죠."

당혜미가 옆에서 얼굴이 상기된 채 입을 열었다.

"앞으로는 혜미라고 불러 줄 거죠? 천 오라버니."

그리고 마지막으로 독고설이 말했다.

"계속 함께 가요."

천류영이 귀밑머리를 긁적이다가 물었다.

"어딜?"

"어디든요. 우리는…… 전우잖아요. 그러니까 저승이라도 함께 가요."

"저승이라도……."

천류영은 왠지 그녀의 말이 묵직하게 다가와 나지막이 따라했다.

그러자 중간에서 뻘쭘하게 있던 장득무가 독고설이 지나간 다음에 천류영 앞에 섰다.

천류영이 당황하자 장득무가 진지한 표정으로 말했다.

"계속 함께하는 겁니다."

"……."

"저승이 아닌 이승에서."

"예……."

"저는 정말 사령관님을 믿습니다."

천류영은 고개를 끄덕였다. 이 엉뚱한 장득무도 좋았다. 가슴이 뭉클하고 계속 콧날이 시큰했다.

"고맙습니다. 가장 위험한 싸움이 될 수도 있는 전장으로 그저 저만 믿고 목숨을 맡겨 주시니……."

천류영은 순간, 그야말로 갑자기 목이 메었다.

"이렇게…… 많이 나를 믿어 주는 분들이……."

독고설이 그의 옆에 붙어 슬프게 웃으며 말했다.

"우리뿐만이 아니에요."

그녀는 천류영의 팔을 끌어 창가로 데려갔다. 그러자 상비군 팔십여 명이 아래에 모여 있다가 천류영이 나타나자 함성을 질렀다.

"와아아아!"

"사령관님!"

"우리는 이길 겁니다. 그렇지요?"

"우리를 믿어 주셔서 감사합니다! 우리도 할 수 있습니다!"

천류영은 입술을 깨물었다. 아랫입술이 떨려 왔다.

그런 천류영을 보며 독고설이 말했다.

"저들도 자신들이 가장 위험한 곳으로 간다는 것을 알아요. 그런데 당신을 믿고 있어요."

"……."

"제가 말했죠? 혼자 무거운 짐 다 들려고 하지 말라고."

"소저……."

"앞으로 함께 나눠서 지는 거예요. 약속해요."

천류영은 목이 메어 말을 잇지 못하고 고개만 주억거렸다. 손을 입으로 가져가 틀어막았다.

"점창파를 돕기 위해 떠난 모든 분들도 당신을 걱정했어요. 많은 분들이, 그 강한 분들이 미안해서, 마음이 아파서 눈시울을 붉혔어요. 결국 눈물도 흘리고……."

"……."

"우린 당신을 믿어요. 그러니까 당신도 우리를 믿고 힘내 주세요. 나의 그리고 우리의 사령관님."

결국 천류영의 눈에서 이슬 한 방울이 뺨을 타고 또르륵 흘렀다.

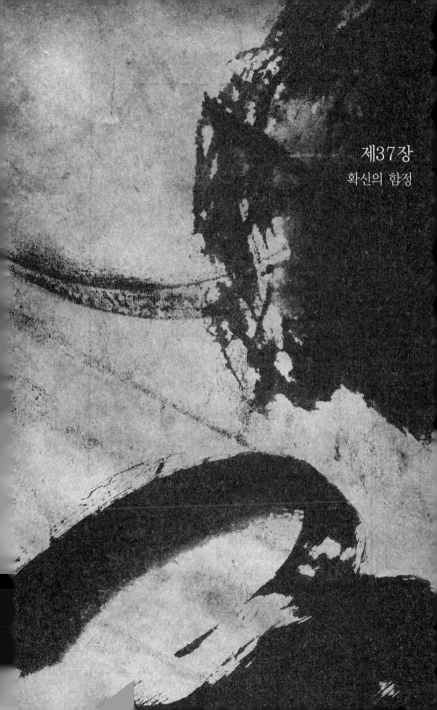

제37장
확신의 함정

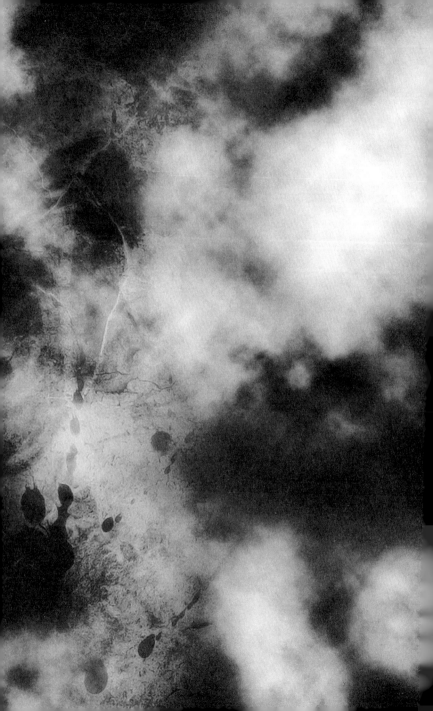

1

먼지로 인해 샛노랗게 보이는 태양이 서산마루에 걸렸다.

광활한 대지 위로 땅거미가 조금씩 길어졌다.

야트막한 구릉 위에서 뉘엿뉘엿 넘어가는 태양을 바라보는 칠순의 노인이 비릿한 미소를 머금으며 입을 열었다.

"본파를 우습게 여기고 있는 것이야. 주둥이로만 구파일방의 하나라고 말하지 속내로는 촌구석 방파라고 멸시하고 있는 게지."

오 척이 조금 넘는 단신.

하얗게 센 머리카락, 이마에 깊게 패인 주름살.

그의 정체를 모르는 사람이 저자거리에서 흘깃 본다면 그저 작고 힘없는 노인이라 여길 것이다.

하지만 조그만 자세히 살펴보면 평가는 달라질 것이다.

작은 눈에서 줄기줄기 뿜어져 나오는 형형한 안광. 걷어붙인 소매 아래로 드러난 팔의 탄탄한 근육.

노인은 점창파의 이십팔대 장문인, 적일성(赤日成)이다. 사천 무림에서 '작은 거인' 으로 불리는 그의 별호는 사일검(射日劍).

모든 무림인들이 주지하다시피 점창파의 대표 검법은 사일검법이다. 그 대표 검법이 그의 별호가 된 데에는 이유가 있었다.

점창파는 유구한 역사를 가지고 있는 것처럼 화룡검법, 양의검법, 유운검법, 회풍무류검, 절편검 등등 수많은 절기들을 가지고 있다.

그런데 적일성은 어려서부터 사일검법에만 집착했다.

태양마저 떨어트린다는 사일검법에 매료되어 버린 것이다.

당시 적일성의 외골수적인 편식에 많은 이들이 걱정했다. 그러나 적일성은 오로지 사일검법만 미친 듯 파고들었다.

그리고 그의 나이 스물다섯 때, 점창파 내부에서 열린 후기지수 검술 대회에서 우승했고 문파가 뒤집어졌다.

아무도 주목하지 않았던, 그저 내놓은 자식이라 여겼던 그가 쟁쟁한 점창의 젊은 검수들을 압도적인 실력 차이로 누른 것이다.

그 이후로 아무도 적일성을 향해 체구가 왜소하다거나 무공의 다양성을 모르는 바보라고 비웃지 못했다.

적일성은 마흔여덟 살에 당시 마교의 침공에 맞서 큰 공을 세웠고, 쉰 살에 이르렀을 때는 사일검법만으로 점창파의 최고수가 되었다. 그리고 점창파의 장문인이 되었다. 그야말로 한 우물만 파고 들어가 최고의 자리를 움켜쥔 것이다.

대방파에서는 거의 전례가 없는 희귀한 경우.

사람들은 그 이유에 대해 분석을 시작했고 두 가지 답을 내놓았다.

첫째, 사일검법의 초식 자체가 가지고 있는 다양성이다. 그 검법 안에는 부드러움과 단단함이 공존했다. 또한 기본적인 초식부터 난해한 상승의 초식까지 어우러졌다. 괜히 점창파의 대표 검법이 아닌 것이다.

둘째, 적일성의 무공에 관한 천재적인 감각이 큰 역할을 했다. 아무리 사일검법이 출중한 절기라고 해도 하나의 검술로 절정 고수에 이른다는 건 굉장히 드물다.

그러나 그는 보란 듯이 해냈다. 즉, 그는 검술에 관한 한 천부적인 감각을 타고 난 것이다.

점창파에서 적일성을 본보기로 삼고 그가 한 수련을 따라하는 이들이 많아졌다. 사일검법에만 매달린 이들이 많아진 것이다.

문파의 어른들은 그런 흐름에 많은 우려를 표했지만 적일성에 열광하는 젊은 제자들을 꺾지 못했다.

하지만 우려는 시간이 흐르면서 현실이 되었다. 어느 누구도 적일성이 이룬 성취의 반의반도 이루지 못한 것이다.

어처구니없게도 천재의 출현이 오히려 점창파의 퇴락을 가져온 셈이었다. 그것은 결국 사천 무림에서 점창파의 입지를 추락하게 만들었다.

세인들은 점창파를 사일파라고 조롱하기까지 했다.

그러나 적일성은 뚝심으로 밀어붙였다. 그는 장문인에 오른 후, 제자들 곁에서 침식을 잊어 가며 사일검법을 가르치는 데 열중했다.

적일성은 외부와의 교류를 최소한으로 유지하고 그렇게 후학의 실력 증진에 매달렸다. 밖에서 뭐라 말하건 귓등으로 흘렸다.

그리고 마침내 기회가 왔다.

마교와 흑천련이 사천 땅에 침공해 왔고, 무림맹으로부터 협조 공문이 날아온 것이다.

이에 적일성은 일천의 식구 중 무려 칠백을 거느리고 길을 나섰다.

사천무림 그리고 천하에 점창파가 아직 죽지 않았다는 것을 알리기 위한 첫걸음이었다.

물론 데리고 나온 제자들 중 삼대, 사대 제자인 삼백여 명은 아직 무공의 성취가 많이 모자랐다.

그러나 적일성은 그들이 이번 출도로 인해 좋은 실전 경험을 쌓을 수 있으리라 판단했다. 언제까지 온실 속의 화초처럼 수련과 비무만 시킬 수는 없는 법이니까.

이번 출정은 점창파나 적일성에게 여러모로 좋은, 그리고 놓칠 수 없는 기회였다.

적일성 뒤에 서 있는 장로들 중 한 명이 입을 열었다.

"장문인, 너무 노여워하지 마십시오. 빙봉, 그 어린 계집이 청성파에서 혼쭐이 나서 겁을 집어먹은 겁니다."

장로 중 막내인 고산추가 말을 받았다.

"하지만 천마검이 대단하긴 한가 봅니다. 천하의 청성파를 그렇게 무너뜨릴 줄이야. 조심해서 나쁠 건 없지요."

그의 말에 나란히 서 있는 장로들 중 여럿이 눈살을 찌푸렸다. 그들 중 가일산이라는 장로가 콧방귀를 뀌었다.

"흥. 사제! 그건 독을 사용해 이긴 싸움이다. 실력이 못 미치니 그런 술수를 부린 것이지."

가일산 장로의 동생인 가이산 장로가 고개를 주억거리며 말을 받았다.

"게다가 천마검이 직접 오는 것도 아니고 수하들을 보낼 것이라고 했다. 그런데도 우리보고 일단 물러나라는 말은 본파를 우습게 여기지 않고서는 할 수 없는 얘기지!"

가이산 장로의 고성에 함께 있는 이들의 눈빛이 강렬해졌다.

대부분이 그의 말에 공감했다. 오랜 시간 실력을 드러내지 않으니 자신들을 물로 보고 있다고밖에 생각할 수 없었다.

가일상 장로가 옆구리에 차고 있는 검병을 쓰다듬으며 이를 갈았다.

"제 놈들이 공을 독차지하려는 것이지. 하지만 그럴 일은 없을 것이야."

장로들 모두가 막내 고산추를 사납게 쏘아보았다.

이미 물러나지 않기로 결정을 한 상태. 왜 사기를 저하시키는 말 따위나 내뱉느냐는 질책어린 시선이었다.

고산추 장로는 당황하다가 쓴웃음을 머금고 입을 열었다.

"죄송합니다. 저는 단지 조심해서 나쁠 건 없다는 생각이 들어서……."

그는 말꼬리를 흐렸다가 이내 사형들의 입맛에 맞을 말을 꺼냈다.

"어쨌든 청성은 몰락했고, 당문은 무형지독뿐만 아니라 대부분의 독을 잃었다고 하니…… 차후 사천 무림은 우리 점창이 주도적으로 이끌어야 할 것입니다."

그 말에 장로들의 입꼬리가 길게 올라갔다.

그렇다!

이제 사천 무림의 주인은 자신들이 될 것이었다. 그걸 위해서라도 이번 싸움에서 결코 물러날 수 없었다. 왜 그렇게 오랜 인고의 세월을 수련에 매진했는가?

바로 이런 날을 위해서였다.

뒷짐을 진 채, 오연하게 서녘 하늘을 보던 적일성 장문인이 고개를 끄덕였다.

"그래, 그렇지. 이제 점창의 시대가 열릴 것이야."

그는 뒤돌아서서 자신을 보고 있는 장로들을 훑었다. 그리고 장로들의 뒤로, 구릉 아래 평지에 있는 칠백여 제자들을 보았다.

제자들은 분주하게 움직이고 있었다.

낮잠을 한 시진 가까이 잔 그들은 얼마 전 일어나 출진 준비를 하는 중이었다.

빙봉은 그들에게 북동쪽으로 이동해 지원군과 합류하라고 했다. 하지만 빙봉이 보낸 전서구 내용을 읽은 적일성은 고개를 저었다. 그리고 수하들에게 명했다.

"우리는 북서쪽으로 간다. 사백여 흑도 무리들을 마중나가 본파의 힘만으로 깨부순다!"

반대하는 사람은 아무도 없었다. 왜냐하면 그들은 오랜 시간 흘린 땀을 믿었기에!

세상은 이제 곧 알게 될 것이다.

점창이 오랜 시간 사일검법에 공을 들이고, 그 인고의 결과가 얼마나 찬란할 것인지.

그 첫 제물은 마교와 흑천련의 사백 무리가 될 것이다.

＊　　　　＊　　　　＊

"이 미친!"

모용린은 자신도 모르게 욕설을 내뱉었다.

집무실에서 저녁을 먹다가 받은 전서구 내용 때문이었다. 그러자 함께 식사를 하던 이들이 눈을 휘둥그레 떴다.

분명 점창 장문인으로부터 온 전서구였다. 그런 명숙이

보낸 서찰을 보고 욕을 뱉다니! 아무리 전시(戰時)라고 해도, 상대가 앞에 없다고 해도 지나쳤다.

팽우종이 젓가락을 내려놓고 물었다.

"빙봉, 대체 무슨 내용이기에 그러십니까?"

모용린은 입술을 강하게 깨물고 뒷목을 손으로 움켜쥐었다. 그 살벌한 표정에 모든 이들이 모용린을 주시했다.

남궁수가 혀를 차며 혼잣말처럼 말했다.

"점창 장문인께서 뭔가 제대로 사고를 치신 모양이군."

그 중얼거림을 독고설이 받았다.

"장문인께서 물러나지 않을 거라는 건 이미 예상하고 있었던 것 아닌가요?"

그제야 모용린이 뒷목을 잡았던 손을 풀고는 씩씩거리다가 입을 열었다.

"그 정도가 아니야. 장문인께서 단독으로 적을 상대하겠다고 선포했어."

"……!"

"북서쪽, 즉, 적들이 오고 있는 방향으로 진로를 틀었어. 하아아…… 정말이지 이분은 대체!"

아무도 입을 열지 못했다. 설마하니 점창 장문인이 그런 선택을 할 줄은 전혀 예상 못했던 것이다.

모용린은 고개를 절레절레 저으며 몇 차례 큰 숨을 토

해 내다가 어이없다는 표정으로 말했다.

"점창 장문인께서는 지금 야망에 휩싸여 있는 거야. 사천 무림의 첫 번째 자리를 노리는 것이지."

그녀는 집무를 보는 책상으로 이동해 전서구에 쓸 쪽지를 서랍에서 꺼냈다. 급히 지원군에게 진로를 바꾸라는 소식을 전하기 위해서.

그녀는 암호로 급히 써 내려가면서도 욕설을 계속 뱉었다.

"젠장! 빌어먹을! 적을 앞에 두고 우리끼리 이렇게 손발이 안 맞아서야! 그 뒷감당을 어떻게 하려고? 이 벽창호 같은 장문인 같으니라고!"

모용린을 가만히 지켜보던 조전후가 잠시 내려 두었던 젓가락을 들고 말했다.

"나도 어이가 없긴 하지만…… 무인으로서 점창 장문인이 전혀 이해가 가지 않는 건 아니야."

모용린뿐만 아니라 좌중의 시선이 조전후에게 쏠렸다. 조전후는 태연하게 밥을 먹으며 말했다.

"그분이 장문인에 오르고 이십 년이야. 그 시간 동안 제자들 양성에만 매달렸지. 이번 전투는 그 긴 세월의 결과를 드러낼 수 있는 싸움이니까."

팽우종이 근심스러운 기색으로 말을 받았다.

"하지만 상대가 마교입니다."

마교는 무림인이라면 모두가 치를 떨고 두려워하는 집단이다. 워낙에 고수들이 많은 곳.

조전후는 닭볶음을 집어 먹으며 대꾸했다.

"그래, 그래서 나도 많이 걱정스러워. 그들이 얼마나 터무니없이 강한지 겪어 봤으니까. 하지만 그분은 그러니까 더 기회라고 생각하겠지. 어중간한 상대라면 점창 장문인이 고집을 부릴 이유가 없으니까."

"……."

"점창 장문인이 마교의 고수들이 강하다는 것을 모를까? 그분이 마흔여덟 살 때 마교와 싸웠던 적도 있어."

화가연이 고개를 끄덕이며 말을 받았다.

"저도 사부님에게 들은 적 있어요. 당시 대단한 무위를 떨쳐서 한동안 유명세를 탔다죠?"

"그래. 그것은 그분이 점창의 장문인이 되는 데 적지 않은 역할도 했고."

조전후는 여전히 닭고기를 씹으며 말을 이었다.

"자신이 마교와의 일전으로 명성을 날렸듯이, 이번에도 노리는 거야. 점창파의 부활을. 음…… 닭이 질기군."

모용린은 조전후가 닭고기가 질기다는 말을 하자 기가 차다는 표정을 짓고는 신경질적으로 대꾸했다.

"저도 그 과거에 대해서 알고 있어요. 하지만 당시의 마교와 지금은 수준이 달라요."

조전후가 먹는 것을 멈추고 피식 웃었다.

"사람들은 늘 그렇게 과거를 무시하는 경향이 있지. 지금, 우리 때가 가장 힘들다고. 하지만 너무 그렇게 생각하지 말라고. 다음 세대에게 우군사도 똑같은 말을 들을 테니까."

모용린이 아미를 찌푸리고 반박했다.

"적어도 지금은 사실이에요. 천마동을 나온 천마검 백운회가 사령관이라고요."

"바로 그 점이야."

"예?"

"점창 장문인은 천상 무인이야. 그래서 더 피가 끓는 거지. 사문을 부활시키고 공들인 제자들의 실력을 세상에 선보이고 싶은 마음이 가득한 거라고. 그게…… 무인이라는 종자지."

"……."

"게다가 정작 천마검은 빠졌어. 그러니 점창 장문인은 더더욱 물러설 수 없는 거지. 천마검이 빠지지 않았다면 아마 그분도 조금은 더 신중했을 거야."

조전후의 말에 사람들은 자신도 모르게 침을 삼켰다.

혹시 천마검은…… 점창 장문인이 이런 선택을 내릴 것이라 판단하고 스스로 빠진 것이 아닐까라는 생각이 뇌리를 스친 것이다.

조전후의 말이 이어졌다.

"점창 장문인으로서는…… 천마검도 없는, 그 수하들에게 꼬리를 말 수는 없잖아. 체면이 있지. 게다가 이게 얼마 만에 갖는 정식 출도인데……. 점창파의 이런 대규모 출정은, 장문인이 마흔여덟이었을 때 이후, 그러니까 이십이 년 만이야."

"……"

조전후는 주변의 후기지수들을 훑으며 말을 이었다.

"나도 하필 이 시점에 점창 장문인이 그런 결정을 해서 아쉽고 답답하긴 하지만…… 같은 칼밥을 먹는 무인으로서는 존중할 수밖에 없어. 그 의기에 박수를 쳐 줄 수밖에 없지. 나도 피가 뜨거운 무인이니까."

조용히 경청하던 장득무가 끼어들었다.

"그리고 그건 일종의 자신감 아닐까요? 오랜 시간 제자들 수련에 공을 들였으니, 이 정도면 해볼 만하다는 자신감요."

장득무가 입을 열자 곧바로 말리려 했던 화가연이 주먹으로 턱을 받치며 그럴듯하다는 표정을 지었다.

"혹시 점창파가 제대로 일을 내는 것 아닐까요? 적들을 그들만으로 제압했다는 승전보가 날아올지도……. 아! 그렇게만 된다면……."

화가연의 간절한 바람을 모용린이 차갑게 끊었다.

"불가능해. 본맹이 파악하고 있는 점창의 실력으로는. 점창파엔 고수의 숫자가 너무 적어."

그녀의 말에 여러 사람들이 입술을 꾹 깨물었다.

무림맹의 정보력은 천하 최고라고 할 수 있었다.

오대 정보 세력이 있다.

개방(丐幫), 하오문(下午門), 무무문(無無門), 밀부(密府), 상련(商聯).

이 다섯 개 단체에서 무림맹은 세 곳으로부터 정보를 제공받거나 돈으로 샀다. 거지들로 구성되어 있는 개방과 상인들 조직인 상련 그리고 황궁과 연계되어 있는 무무문이 그 집단이었다.

하오문은 주로 사파와 거래했고, 밀부는 살수들에게 필요한 정보를 팔아넘겼다.

무림맹은 세 단체뿐만 아니라 대륙에 있는 분타 그리고 자체의 정보 조직으로부터도 상당한 정보를 수집했다.

그렇기에 무림맹의 정보는 신뢰도가 아주 높았다.

팽우종은 손으로 이마를 문지르다가 말했다.

"뭐, 점창파에 고수가 적더라도…… 대다수가 사일검법에 매진하고 있다고 알고 있습니다. 그렇다면 고수는 많지 않아도 꽤 잘 버틸 수 있지 않을까요?"

남궁수가 동의했다.

"제 생각도 그렇습니다. 다들 아시겠지만 하나의 검법을 그리 오랜 시간 익힌 사람들은 상대하기가 꽤나 까다롭습니다. 특히나 사일검법 같은 절기는 더더욱 그렇죠."

팽우종이 말을 받았다.

"바로 그 점입니다. 여러 무공을 잡다하게 익힌 사람들보다 제압하기 훨씬 어렵겠지요."

모용린은 지원군에게 보낼 전서구의 쪽지를 문밖에서 대기하고 있던 무사에게 건네주고는 자리로 돌아와 말했다.

"그러니까 문제라는 거예요. 확신의 함정이라고요."

그녀는 말을 하며 자리에 앉았다가 고개를 저으며 다시 일어섰다. 전서구로 보낼 쪽지에 추가할 내용이 뒤늦게 떠오른 것이다.

모용린은 방금 떠난 무사를 쫓아 집무실 밖으로 달려 나갔다.

그러자 남은 사람들은 멍하니 있다가 이마를 찡그렸다. 장득무가 말했다.

"아니, 말을 하다 말고, 음……. 확신의 함정이란 게 무슨 말이죠?"

조전후가 어깨를 으쓱하며 대꾸했다.

"확신에 함정이 있다는 말이지."

순간 조전후는 속으로 '아차' 싶었다. 이놈의 잘난 척하는 병이 며칠 잠잠하다 싶더니 또 도진 것이다.

"그러니까 그게 무슨 뜻인지 여쭙는 겁니다."

장득무가 고개를 갸웃거리며 재차 묻자 조전후의 얼굴이 살짝 일그러졌다.

"그럼 확신에 함정이 없을까?"

"예?"

조전후의 성격이 종잡을 수 없다는 것에 대해 아직 모르는 장득무는 어이없는 얼굴로 미간을 접었다. 그 표정을 본 조전후는 당황하며 시선을 돌렸다.

"내가 할 수도 있겠지만 사령관이 대신 설명 좀 해 주게. 흠흠. 왜 이리 허기가 지는지."

그리고 붉어진 얼굴로 밥 먹는 것에 열중하는 조전후였다.

2

질문의 화살이 천류영에게 향했다. 그러자 천류영은 굳은 얼굴로 입을 열었다.

"조 대협의 말대로…… 확신에 함정이 있다는 의미인 것 같습니다."

그 말에 조전후가 반색했다. 밥풀까지 튀어 가며 말했다.

"어흠, 거봐. 내 말이 사령관의 말이라고."

독고설이 천류영을 향해 물었다.

"점창 장문인이 반드시 승리할 것이라는 확신을 가지고 있고 그것이 착각이라는 말이죠?"

"예, 점창파는 아주 위험한 선택을 했습니다."

팽우종이 진지한 얼굴로 의견을 개진했다.

"사령관, 자네나 빙봉의 두뇌는 인정하네. 하지만 무공에 관한 건 조금 아니지 싶은데. 조금 전에 남궁 공자나 내가 말한 의견이 일리 있다고 생각하오. 잡다한 무공을 익히지 않고 하나의 검술에 오랜 시간 매진했고, 또한 그 긴 세월 동안 땀방울을 흘렸다는 건 결코 과소평가할 수 없는 일이오."

"예. 저도 그 점을 평가절하하려는 것은 아녔습니다."

"그래서 나는 점창 장문인께서 나름 해볼 만한 도전을 한 것일지도 모른다는 생각을 가지고 있소. 나름 확신을 가지고 계신 것이지."

천류영이 담담하게 대꾸했다.

"그 확신이 위험하다는 뜻입니다. 자신이 믿고 있는 정보나 성공의 경험에 지나치게 집착하면서 생기는 함정. 즉, 최고의 무공절기니까 실력 증진에 더 좋을 것이라는 확신, 땀과 노력은 배신하지 않는다는 확신. 그렇게 사람들이 종종 믿어 의심치 않는 것이 함정이 되어 버리는 경우지요."

"……."

"일단 이 점부터 짚고 넘어가죠. 점창파는 세상에 노출되어 있습니다. 그렇지요?"

그의 말에 팽우종은 미간을 접으며 고개를 저었다.

"글쎄. 점창파는 지난 이십여 년간 대외적인 활동은 최소화 했소. 노출이 거의 없었다고 봐야 하는 것 아니오?"

그러자 천류영이 귀밑머리를 긁적이며 반문했다.

"음…… 좋습니다. 그럼 시점을 잠깐 다른 곳으로 돌려보지요. 왜 천마검이 수하들만 보냈다고 생각하십니까?"

천류영의 질문에 잠시 침묵이 흘렀다. 독고설이 들고 있던 젓가락으로 밥을 쿡쿡 쑤시다가 말했다.

"자신감이라는 건가요? 굳이 자신이 나서지 않아도 된다는 자신감."

"예, 맞습니다. 그럼 왜 그런 자신감을 가지게 됐을까요?"

"그야 뭐, 수하들을 믿는 거겠죠."

"그냥?"

"그냥…… 이라기보다는 수하들이 강하니까 믿는 거 아니겠어요? 점창이 강하고 그래서 생각보다 어려운 싸움이 될 수 있더라도 결국은 이길 것이라는 믿음."

천류영이 고개를 저었다.

"천마검은 동료와 수하들을 무척이나 아낍니다. 아무리 수하를 믿는다고 해도 어려운 싸움이 될 것이라 예상됐다면 결코 자신이 빠지지 않았을 거란 얘깁니다."

천류영은 자신을 바라보는 이들을 훑으며 말을 이었다.

"다시 본론으로 돌아오죠. 아까 제가 점창파가 노출돼 있다고 했었죠? 점창의 대부분이 사일검법에 치중하고 있는 것을 말한 겁니다. 점창 장문인의 고집으로 세상 모두가 다 알고 있는 얘기죠."

천류영의 말이 끝나기 무섭게 남궁수가 낮은 신음을 흘리며 고개를 끄덕였다.

"아아, 그렇군. 마교도들이 사일검법의 파훼법을 연구했다면……."

남궁수는 차마 말을 잇지 못했다. 그러나 좌중은 그 뒷

말을 짐작하고 눈을 치켜떴다.

가능성은 충분했다.

적장이 다른 사람도 아닌 천마검이다. 또한 그는 사천 무림의 점령을 위해 출전했다. 당연히 사천 무림에 속해 있는 점창파에 대해서도 조사했을 것이다.

사람들은 비로소 확신의 함정이란 말을 이해했다.

맹목적인 확신으로 자신도 모르게 깊은 수렁에 빠질 수도 있다는 것이다.

사일검법은 점창파를 대표하는 독문절기다. 하지만 그렇기에 대성하기가 어렵다. 즉, 고수가 아닌 이들은 사일검법의 진수를 자유자재로 뽑아내기 어렵다는 얘기다.

난해한 무공을 완성하지 못한 이들이 그동안 흘린 땀만 믿고 싸운다면?

결과는 대참극을 불러올 수도 있었다. 차라리 어려운 상승무공이 아닌 기본 무공을 착실히 익히는 것보다 더 나쁜 결과를 초래할 공산이 컸다.

천류영이 양손으로 머리를 감싸 쥐었다.

"점창 장문인의 입장은 이해되지만 그분은 정말 위험한 선택을 한 겁니다. 그분에게 사일검법은 신앙이겠지만 완성되지 못한 사일검법은, 파훼법을 연구한 마교의 고수들에겐 좋은 먹잇감에 불과할 테니까요."

"……."

"재능을 타고난 천재들은 흔히 말하곤 하죠. 자신을 만든 건 노력이라고. 너희들도 노력하면 할 수 있다고. 하지만 꼭 그렇지만은 않다는 것을 아니, 대부분은 그러지 못하다는 것을 우리는 알고 있습니다. 노력, 땀은 숭고한 것이지만 그렇다고 그것이 만병통치약은 될 수 없어요. 중요한 것은 자신에게 맞는 것을 찾는 것이죠."

입을 쩍 벌리고 굳어 있던 화가연이 한숨을 내쉬며 어깨를 축 늘어뜨렸다.

"무슨 말인지 알 것 같아요. 점창 장문인께서는 스스로의 도전이 성공한 것에 도취한 나머지 제자들의 개성을 무시하고 사일검법에만 몰두한 것이군요."

모두가 고개를 주억거렸다. 사람은 누구나 자신에게 맞는 옷이 있는 법이다. 반면 아무리해도 입을 수 없거나 어울리지 않는 옷도 존재한다.

남궁수가 팔짱을 끼고 한숨을 내뱉었다.

"휴우우, 그럼 지원군이 조금이라도 빨리 당도하길 바라는 수밖에 없겠군."

그때 모용린이 집무실 안으로 들어오며 말했다.

"점창이 북서쪽으로 진로를 바꾼 이상 먼저 합류하기는 힘들어졌어요."

"……."

"자칫 각개격파 당할 수도 있다는 얘기죠."

"……!"

좌중이 얼어붙었다.

처음엔 점창 장문인의 의기에 감탄하기도 했었다.

그러나 천류영과 모용린의 지적으로 인해 의기가 아니라 무모함일 공산이 커졌다. 그리고 그 무모함이 불러올 파국적 결과까지.

조전후는 들고 있던 젓가락을 바닥으로 떨어트렸다. 그리고 잔뜩 긴장한 얼굴로 물었다.

"그래서 대책은? 방금 지원군에 보낸 전서구에 뭐라고 써서 보냈나?"

모용린이 입술을 꾹 깨물고 침묵했다. 그녀의 얼굴에 괴로움이 역력하게 드러났다. 그녀가 말을 하지 않자 조전후가 다시 다그치려고 했다. 그러자 천류영이 말문을 열었다.

"지원군이 당도했을 때, 점창이 회복 불능의 상태에 빠졌다면 포기하라고 했을 겁니다. 아마 그 부분을 첨부하려고 나갔다 온 것이겠지요."

"……!"

모두가 놀라는 가운데 모용린이 고개를 주억거렸다. 그

러자 천류영이 슬픈 눈으로 말했다.

"하지만 그분들은 포기하지 않으실 겁니다."

그 말에 독고설과 당남우, 당혜미가 자리에서 벌떡 일어났다. 지원군에는 가족이 있었기에.

당남우가 천류영과 모용린을 번갈아 보며 물었다.

"만약 지금 말씀하신대로 전황이 흘러간다면…… 정말 각개격파 될 수도 있는 겁니까? 서, 설마요. 적들은 사백 명이잖습니까? 점창의 칠백을 상대하면 그들의 숫자도 꽤나 줄어들 테니까 희망이 있지 않을까요?"

모용린이 평소의 싸늘한 눈빛과 표정으로 답했다.

"결국 점창 장문인 그리고 점창파의 무사들에게 달렸죠."

"……?"

"일방적으로 무너진다면 희망이 없고, 그래도 그동안의 땀이 완전 헛것이 아니어서 오래 버텨준다면…… 그러기를 기원해야겠지요."

모용린은 망연자실한 좌중을 훑고 말을 이었다.

"그리고 사령관에게도 달렸어요. 사령관이 천마검을 궁지로 몰아넣을 수 있다면…… 적들은 곧바로 회군할 테니까. 물론 그때까지 점창이나 지원군이 버티느냐는 문제가 여전히 남지만 말이죠."

사람들의 시선이 천류영에게 쏠렸다. 천류영은 모용린을 직시하며 고개를 주억거렸다.

　"예. 그래서 저는 예정보다 더 일찍 출발해야 할 것 같습니다. 두 시진 빠른 묘시(卯時, 아침 여섯 시)가 좋겠군요."

　그 말을 끝으로 천류영은 남은 식사에 열중했다. 그러자 다른 사람들도 밥을 먹기 시작했다. 그러나 독고설은 밥이 넘어가지 않아서 천류영을 향해 말했다.

　"사령관."

　"예, 독고 소저."

　"괜찮겠지요? 그러니까…… 점창파나 지원군 그리고 우리 괜찮겠지요?"

　천류영은 잠시 침묵하다가 고개를 들어 말했다.

　"그것 아닙니까? 제가 소저와 함께한 싸움에 늘 예상하지 못한 변수가 있었다는 것."

　"예? 그럴 리가? 사령관은 늘 완벽했어요."

　천류영의 입가에 쓴 미소가 맺혔다.

　"첫 싸움에서 아미파가 끝까지 항전하고 있을 거라는 것을 전혀 기대하지 않았어요. 또한 흑랑대주의 무위도 예상 못했고, 천마검이 천랑대를 그렇게 많이 데리고 등장할 것이라고도 전혀 몰랐었죠."

"아! 그, 그렇군요. 예……."

독고설은 충격에 빠진 표정을 지었다. 너무 엄청난 일들이 많아서 천류영이 그동안 했던 착오를 전혀 생각하지 못하고 있었던 것이다.

"그뿐만이 아니에요. 제 예상은 여러 번 빗나갔어요. 다행인 건 큰 흐름을 놓치지 않으려고 애를 썼고 나름 성과가 있었다는 것이죠."

"……."

"그것이 가능했던 것은, 함께한 사람들을 믿어서였습니다. 어려운 지경에 처할 때도 있었지만 모두가 필사적으로 힘을 내주었어요. 우리의 전력은 상대보다 약했지만 서로를 믿었던 것이죠."

천류영은 함께 있는 이들의 눈을 모두 마주치고는 말을 이었다.

"저도 그리고 천마검도 신이 아닙니다. 빙봉 우군사도 마찬가지고 점창 장문인도 예외는 아닙니다. 계책은 계책일 뿐이고 예상은 예상일 뿐입니다. 그걸 인정하고 나면 가장 중요한 건 믿음이란 것을 알게 됩니다."

"……."

"변수가 생겨도 주변을 믿고 다시 힘을 낼 수 있으니까요. 그리고 모든 책략은 결국 믿음 위에 세워지는 것이니까요. 그 믿음으로 난관을 돌파하는 것이지요. 동료와 수하를 믿지 못하면 그 어떤 책략도 모래성일 뿐입니다."

"……."

"저는 수많은 사람과 상황을 가정하고 상상하되 그것이 언제든 깨질 수 있다는 것을 압니다. 하지만 한 가지만큼은 끝까지 내려놓지 않을 겁니다. 믿음입니다. 여기 계신 분들을 믿고, 지원군으로 가신 분들을 믿습니다."

천류영은 사람들을 일일이 보며 말했다.

"여러분들은 저를 믿고 이곳에 남아 주셨습니다. 그와 마찬가지로 저는 독고 소저를 믿고, 빙봉을 믿습니다. 조전후 대협을 믿고, 팽우종 소협을 믿으며, 남궁 공자를 믿습니다. 여기 계신 모든 분들을 믿습니다."

그렇게 말을 한 천류영은 잠시 입술을 꾹 깨물었다가 다시 빙그레 웃었다.

"이렇게 믿고 나아가는 것, 그게 현 상황에서 제가 할 수 있는 전부입니다. 여러분들을 믿지 못한다면 저는 아예 나아갈 생각을 하지 못할 겁니다. 그러니 독고 소저. 소저도 믿으세요. 점창을 그리고 지원군을 마지막으로 저와 이곳에 있는 사람들을. 저는 그것이 우리가 지금 할 수 있는 최선이라고 생각합니다."

독고설은 불안했다. 그러나 억지로 미소를 지으며 고개

를 끄덕였다.

천류영의 말이 옳았다. 자신이 걱정한다고 상황이 변하지는 않는다. 그렇다면 걱정할 시간에 할 수 있는 최선을 궁리해야 했다. 최선이 안 되면 차선이라도 그것도 안 되면 차차선이라도.

문득 천류영이 천마검과 하던 대화가 떠올랐다.

이리저리 휩쓸리는 불나방 같은 존재가 사람이라지만 그래도 사람을 믿어야 한다는 말. 왜냐하면 자신도 사람이니까.

*　　　　*　　　　*

많은 사람들이 야영을 위해 막사를 치고, 저녁 식사를 준비하느라 바빴다.

백운회는 야산의 가장자리에 자리한 소나무에 등을 기대고 그들을 살피며 자신의 어깨에 있는 금광구의 머리를 쓰다듬었다.

"구구우우우."

금광구가 기분이 좋다는 듯 날갯짓을 몇 차례 해 다. 그러자 백운회도 미소를 지으며 입을 열었다.

"너는 주인인 내가 사천 무림을 접수하지 못하고 물러

나야 하는데, 뭐가 그리 좋은 것이냐?"

영물은 영물인 것일까? 금광구는 말을 알아들었다는 듯이 고개를 움츠렸다. 그 의기소침한 모습에 백운회가 한차례 웃음을 터트리고 말했다.

"녀석. 괜찮다, 농이야. 후후후, 사천 무림이야 조금 나중에 되찾으면 될 일이지."

백운회가 웃자 금광구는 다시 날갯짓을 해 대며 기분 좋은 울음소리를 뱉었다.

"그래, 그러면 되는 것이지. 이깟 사천 땅이야. 내일이면 무림서생을 취할 터인데 말이지. 하하하!"

웃고 있는 그에게 마불이 다가왔다. 잠깐 머뭇거리면서도 그는 똑바로 백운회를 향해 왔다. 그가 오 장의 거리까지 접근하자 백운회 좌우와 뒤에서 열 명의 무사들이 스르륵 나타났다.

섬마검 관태랑의 직속 수하들이었다. 은신술과 합격술에 뛰어난 고수들이다.

절정 고수인 마불조차 백운회 주변에 열 명이나 숨어 있었다는 것에 눈을 휘둥그레 떴다. 그는 고개를 절레절레 젓고는 양손을 좌우로 폈다. 병장기나 암기가 없다는 것을 보이는 것이다.

"천마검 사령관. 개인적으로 할 말이 있소."

백운회는 묘한 미소로 고개를 끄덕이며 대꾸했다.

"말하십시오."

마불은 열 명의 호위를 보고는 난감한 기색을 지었다.

"조용히 단 둘이서만 얘기하고 싶은데."

"이들은 믿어도 됩니다."

"음……. 설마하니 천하의 천마검이 나를 두려워하는 건 아닐 테고."

그의 농이 섞인 도발에 백운회가 소리 없이 웃었다.

"마불 부주지라면 두려워할 만하지요. 물론 독대를 피할 만큼은 아니지만."

"……."

"하지만 그보다 더 두려운 사람이 있어서 어쩔 수가 없군요."

마불이 의아한 얼굴로 고개를 갸웃거렸다.

"그런 사람이 있나?"

"관태랑입니다. 이 친구가 호위들을 잠시라도 떼어 놓으면 저와 한 달 동안 말도 섞지 않겠다고 협박하지 뭡니까? 이 어찌 두려운 일이 아니겠습니까? 하하하."

마불은 어이없다는 기색으로 쓴 미소를 짓고 말했다.

"그런데 기분이 꽤 좋아 보이는군."

"금광구가 좋은 소식을 물고 와서요."

"······?"

"점창파가 주제도 모르고 우리 선봉을 향해 진로를 틀었다는군요."

"음······. 승전보가 들려올 시간이 앞당겨져서 기분이 좋은 건가?"

백운회는 금광구를 자신의 손등으로 옮기고는 살짝 흔들어 허공으로 날아가게 했다. 그리고 다시 마불을 바라보고 말했다.

"그것도 그렇지만 더 좋은 예감이 들어서 말입니다. 점창파가 그리 움직이면 아마 무림서생도 예정보다 빨리 움직일 겁니다."

"······?"

"그 친구를 더 빨리 만날 수 있다는 것이 설레거든요. 하하하."

마불은 뭔가 마음에 들지 않는다는 기색으로 고개를 흔들다가 이내 정색했다. 그는 주변에 기막을 쳐서 소리가 밖으로 새어 나가지 못하게 하고는 말했다.

"말 돌리지 않겠네. 날 위해 도움을 주게."

"무슨 도움을 말하시는 겁니까?"

천연덕스러운 백운회의 물음에 마불의 이맛살이 찌푸려졌다.

"천마검, 정말 이러긴가? 당문세가에서는…… 정말 당시 상황이 어쩔 수 없었네."

"귀사에 잘 말해 달라는 겁니까?"

마불은 입술을 질끈 깨물고 고개를 끄덕였다.

"자네가 사령관이지 않은가? 사령관이 나를 변호해 주면 아무래도……."

백운회가 그의 말허리를 끊었다.

"부주지의 말씀대로 말 돌리지 않겠습니다. 제가 변호해 주면 대가는 무엇입니까?"

"끄응……. 흑천련 회의에서 귀교의 교주와 자네의 뜻이 엇갈릴 시, 자네의 의견을 따르겠네."

"그것뿐입니까?"

백운회의 말에 마불이 황당한 표정을 지었다. 자신은 지금 엄청난 것을 내놓은 것이다. 흑천련의 거대 권력을 내놓은 것이나 진배없었다.

"자네, 욕심이 과하면……."

백운회가 다시 마불의 말을 끊었다.

"사혈강 궁주는 그것 외에 또 다른 것도 약속하더군요."

마불의 눈이 화등잔만 해졌다.

"사, 사 궁주가 자네를 보러 왔었나?"

"점심 식사 시간에."

"……."

"사 궁주는 이제 저의 사람이 되었습니다. 그로 인해 흑천련 회의에서 저는 과반을 확보하게 되었지요. 굳이 소뇌음사의 힘이 없어도 상관없다는 뜻입니다."

마불은 주먹을 쥐고 부르르 떨며 노기를 드러냈다.

"사 궁주. 그자가 이리 치졸하게 선수를 치다니!"

그는 진심으로 분개했고 혼자서 길길이 날뛰었다. 그러나 그것도 잠시 결국 제 풀에 지쳐서 말했다.

"천마검, 원하는 걸 말해라."

백운회의 눈에 차가운 이채가 스쳤다. 그는 자신의 머리 위 허공을 빙빙 돌고 있는 금광구를 보며 말했다.

"언젠가 제가 하는 한 가지 요청을, 그것이 어떤 것이라도 들어줄 것."

마불의 눈가가 파르르 떨렸다.

"차라리 금은보화나……."

"싫으면 그냥 돌아가시면 됩니다. 이미 과반을 확보한 제가 아쉬울 건 없지 않겠습니까?"

마불은 입술을 꾹 깨물고 잠시 침묵하다가 말했다.

"예외 조항을 두자. 본사에 위해가 가는 일은 받아들이지 않겠다."

"하하하. 설마하니 제가 그런 일을 요구하겠습니까? 저는 단지 소뇌음사와 제가 앞으로 더 끈끈하게 이어지기를 바라는 마음에서 한 가지 정도는 남겨 두자는 뜻입니다."

"……."

"앞으로 부주지께서 저를 물심양면으로 도와준다면, 아마 저는 죽는 날까지 여기서 약속받은 한 가지 요구를 하지 않을 공산이 큽니다."

마불은 하얗게 웃는 천마검을 보다가 결국 피식 웃고 말았다.

"좋아. 그대가 그렇게까지 말한다면야. 석식을 마치고 적당한 때에 문서를 작성해서 가져다주겠네."

"그렇게 하십시오."

거래는 끝났다. 그러자 마불은 백운회를 보며 입술을 우물거리다가 말했다.

"당문세가에서의 일은 자네가 잘 처리해 주리라 믿겠다. 그렇지 않으면……."

그가 말꼬리를 흐렸다. 협박을 하려 했으나 생각해 보니 천마검에게 협박이라는 것이 우습게 여겨진 것이다.

백운회가 어깨를 으쓱거리며 말을 받았다.

"걱정하지 마십시오. 나는 내가 한 말은 지킵니다. 나, 천마검 백운회입니다."

"그래, 크크큭. 네 녀석이 마음에 들지는 않아도 확실히 믿을 수는 있지. 맞아. 그게 교주나 소교주보다 네가 더 나은 점 중에 하나지."

3

간간히 구름이 흘러가는, 달과 별이 쏟아질 듯 가득한 하늘 아래.

미풍이 부는 무림맹 사천 분타의 전각 사이를 일남일녀가 걸었다. 독고설은 옆에서 걷고 있는 풍운에게 다시 한번 물었다.

"몸 상태는 어때? 다친 데는?"

풍운이 귀찮은 표정으로 대꾸했다.

"멀쩡하다니까요. 제가 진짜 빡세게 수련할 때는 이 정도 부상은 부상 축에도 끼지 못했어요."

"그래도 다시 한 번 확인해 봐. 아니, 아니다. 지금 넌 산책을 할 때가 아니야. 어서 들어가서 운기조식을 해야지."

"낮에 했어요."

"그럼 들어가서 쉬어. 내일 일찍 일어나 출진해야 하니 조금이라도 푹 자는 게 좋을 것 같아."

"아직 이경 초(二更 初, 밤 아홉시)도 되지 않았어요."

풍운은 결국 자리에 멈춰서 독고설을 정면으로 보았다.

"누님, 진정 좀 하세요. 뭐가 그리 초조하신 거예요?"

하긴 이해는 됐다.

전투가 시시각각 다가오면서 무림맹 사천분타 내부의 분위기는 얼어붙어 있었다.

별것도 아닌 일이 말다툼으로 번지는 경우가 속출했다. 사소한 일로 짜증을 내고 욕설을 뱉는 이들도 많았다.

독고설은 풍운의 물음에 어색한 미소로 대꾸했다.

"아니, 나는 단지…… 낭왕 대협도 없으니 네 역할이 매우 중요하잖아. 네가 이곳에서 최고수기도 하고. 그래서 이 누님이 널 응원하는 거지."

"누님. 저는 이렇게 천천히 걷는 게 쉬는 거예요. 그리고 걸으면서 생각할 때 머리가 잘 돌아가거든요. 휴식과 일을 동시에 하는 거죠."

독고설이 물었다.

"무슨 생각을 하는데?"

"상상이죠. 내일 천마검과 붙었을 경우를 가정하는 거예요. 그가 어떻게 나올까? 그가 이런 식으로 공격해 오면 어떻게 반격하는 것이 좋을까?"

풍운의 말에 독고설이 '아!' 하는 탄성을 뱉고 주먹을 불끈 쥐었다.

"좋아! 그런 정신! 계속 그렇게 생각해! 풍운, 너 아주 마음에 든다. 네가 최고야! 호호호."

"예. 계속 생각하는데 딱히 머리에 떠오르는 것이 없네요. 그가 싸우는 것을 한 번이라도 직접 봤다면 좋았을 텐데."

풍운이 손가락으로 이마를 긁적거렸다. 그러자 독고설도 함께 고민하는 표정으로 말했다.

"저기, 현무단 삼조의 목격담을 말해 줄까?"

현무단 삼조장과 부조장을 일합에 목 벤 이야기. 현무단주 능운비를 단숨에 제압한 얘기.

천마검은 빠르면서 유연했고, 그러면서도 강력했다. 동시에 그의 검격은 가장 효율적인 검로(劍路)를 파고들었고, 연격(連擊)을 자유자재로 구사했다.

직접 보고도 믿겨지지 않는 무공의 달인이라는 것이 살아남은 삼조원들의 목격담이었다. 문제는 그 폭풍 같던 그의 신위가 진신 실력의 일부분만 보여 준 듯한 느낌이라는 점이었다.

풍운이 황당하다는 표정으로 독고설을 보았다.

"독고 누님. 저도 그때 그 자리에서 있었거든요. 저도 현무단 삼조원들이 넋이 나가서 외치는 것을 들었다고요."

"아! 맞다. 그랬지. 너도 나와 함께 있었지. 미안. 호호호, 내가 지금 좀 정신이 없네."

풍운은 독고설을 보며 고개를 절레절레 저었다.

"휴식이 필요한 건 제가 아니라 누님 같은데요. 아까 저녁 먹을 때까지만 해도 침착하더니 갑자기 왜 그러세요?"

독고설은 왠지 처량한 느낌으로 소리 없이 웃었다. 풍운이 다시 물었다.

"내일 싸움이 코앞으로 다가오니까 겁나세요?"

독고설은 속으로 답했다.

두렵다고. 그리고 초조하다고.

원래 계획으로는 낭왕 대협과 백호단의 일백 정예가 함께해야 했다. 아무리 천류영의 책략이 좋아도 이래서야 승산이 희박하다는 생각이 머리를 떠나지 않았다.

"누님. 걱정 마세요. 제가 천류영 형님과 누님을 확실히 지켜 드릴게요. 후후후. 하지만 너무 믿지는 마세요. 상대가 천마검이니까."

그렇다. 상대가 천마검이다.

그래서 이렇게 불안한 것이다. 그래서 사천 분타 내부의 분위기도 꽁꽁 얼어붙은 것이다. 그 거물을 상대해야 한다는 압박감이 심장을 소리 없이 움켜쥐고 있었다.

"난 됐어. 천 공자님을 지키면 돼. 사령관을."

풍운이 웃음을 멈췄다.

그러자 독고설이 풍운을 똑바로 바라보며 말했다.

"잊지 마. 사령관만 지켜. 다른 사람은 신경 쓰지 마. 네 원래 임무는 사령관의 호위란 것을 잊으면 안 돼."

"그 말 꺼내려고 지금까지 귀찮게 한 거예요?"

풍운은 분위기가 무거워지는 것이 어색해 일부러 농담처럼 가볍게 말했다.

그러나 독고설은 정색했다.

"나 역시 사령관 옆에 꼭 붙어 있을 거야. 그리고 정말 위험한 순간이 오면…… 내가 막을게. 너 경공 최고잖아. 네가 사령관을 업고 도망가."

"누님……."

"약속해 줘. 그러겠다고."

풍운이 고개를 저었다.

"제가 막는 게 낫죠. 그사이에 누님이 형님을 안고 도망가세요."

"아니, 체력이나 경공이 난 너에 비해 많이 부족해. 그러니까 네가 해야 해. 네 경공이 가장 빠르니까 꼭 네가 해야 해."

풍운은 고개를 옆으로 돌리고 손으로 머리카락을 헝클

어트렸다.

그리고 다시 독고설을 보며 말했다.

"누님은 천마검의 일 초식도…… 막지 못할 수도 있어 요."

그 말에 독고설이 움찔했다. 천류영과 함께 천마검을 만났던 기억이 떠올랐다.

그가 뿜어낸 무형지기만으로도 꼼짝 못했던 당시의 충격이 소름을 돋게 만들었다. 그러나 그녀는 이를 악물고 말했다.

"할 수 있어. 최대한 오래 막을 거야."

"그때 누님은 천마검의 무형지기에도……."

"그때는 내가 너무 지쳐 있었으니까. 내공도 다 소진했고."

"……."

"풍운아. 제발…… 제발 약속해 줘. 위험한 순간이 오면 천 공자를 안전한 곳까지 데리고 가겠다고."

풍운은 다시 머리칼을 마구 헝클고는 말했다.

"천류영 형님이 그렇게 살아남으면 좋아할까요?"

"상관없어."

"뭐, 좋아요. 누님 말대로 전 형님의 호위니까. 그래도 부탁이 있어요. 그 부탁 들어주면 무슨 일이 생겨도 형님을 챙길게요."

독고설은 그제야 정색했던 표정을 풀었다. 사르르 풀리는 안색과 입가에 맺히는 그녀의 미소.

"무슨 부탁? 말만 해."

"천류영 형님에게 고백은 하시죠. 막말로 내일 어떻게 될지도 모르는데."

풀렸던 그녀의 얼굴이 삽시간에 굳었다. 그녀는 잠시 얼어붙어 있다가 입술을 뗐다.

"눈치…… 챘니?"

그녀의 물음에 풍운은 폭소를 터트릴 뻔했다. 터질 듯한 웃음을 꾹꾹 눌러 삼키고 말했다.

"누님이 그런 표정으로 그런 말을 하는데 모르면 바보죠."

"그, 그거야 나는 천 공자가 귀한 사람이니까. 이런 데서 죽으면 안 되는 사람이니까 그런 거지."

풍운은 고개를 절레절레 저었다. 그리고 앞으로 발을 떼면서 기지개를 켰다.

"싸움이 코앞인데 참. 혼자인 사람 서러워서 살겠습니까?"

"풍운, 너 아직 대답하지 않았어!"

풍운은 말없이 슬쩍 경공을 펼쳤다. 그러자 독고설도

경공으로 풍운을 쫓았다. 그러나 한밤의 추격전은 금방 끝났다.

연무장 주변에 사람들이 모여 있는 광경에 멈춘 것이다. 풍운과 독고설은 안면이 있는 사람들과 목례를 하면서 앞으로 이동했다. 그리고 연무장에 있는 한 사람을 보고 둘 다 말문을 잃었다.

한 청년이 연무장을 뛰고 있었다. 모래주머니를 종아리에 차고 뛰고 있는 그는 천류영이었다.

상비군 소속의 한 중년인이 독고설에게 알은 체를 해 왔다. 그에 독고설이 답례로 고개를 숙이자 곧바로 질문을 던져 왔다.

"검봉, 지금 사령관께서 뭐하시는 겁니까?"

"그, 그러게요."

연무장 앞에 있는 전각의 창문이 대부분 열려 있었다. 모두가 천류영을 구경하고 있는 것이다.

풍운이 자신도 모르게 헛웃음을 흘리고는 중얼거렸다.

"달밤에 이게 무슨? 그것도 내일 아침에 출진을 해야 할 사람이."

모두가 기가 막혀 그저 바라볼 뿐이었다.

"헉, 헉헉, 헉헉."

천류영은 말없이 뛰었다. 주변의 시선도 아랑곳하지 않

고 묵묵히 달렸다.

독고설은 고개를 젓다가 근처에 장득무와 화가연이 나란히 있는 것을 보고는 그리 다가갔다. 그 둘은 아예 앉아서 구경을 하고 있었다.

"장 소협. 지금 사령관이 뭘 하는 거예요?"

장득무와 화가연이 자리에서 일어나 목례를 했다. 그리고 장득무가 대답했다.

"달리고 있는 거죠."

"그러니까 지금 왜 저렇게 뛰고 있냐고요?"

"전들 알겠습니까? 사실 저도 답답해 죽겠습니다. 너무 무거운 책임감에 살짝 머리가 이상해진 건 아닌지."

독고설의 시선이 화가연에게 이동했다. 그러나 화가연도 쓴 미소로 고개를 저었다.

"저도 모르겠어요. 벌써 이각 가까이 계속 뛰고 있는 거예요."

"이유는 안 물어봤어요?"

"그게…… 사형과 얘기를 하면서 산책 중이었는데 사령관이 연무장에 나오더니 모래주머니를 차더라고요. 그리고 뛰기 시작했어요. 그래서 묻긴 했는데……."

"뭐라고 대답했는데요?"

"뛰는 거라는데요?"

"……."

"몇 명이 소리쳐 물어봤어요. 그때마다 똑같은 대답만 하더라고요. 달리는 중이라고."

"왜 한데요?"

그 질문에 장득무와 화가연이 서로 마주 보고 쓴 미소를 지었다. 장득무가 말했다.

"무공을 익히기 위한 기초 체력 단련 중이라고."

"……."

풍운이 뒤따라와 말했다.

"그런데 왜 다들 모여서 구경하고 있는 거죠?"

장득무가 뭘 그런 것을 묻느냐는 표정으로 답했다.

"사령관이 뛰니까 궁금해서 보는 거죠. 뭐, 시기가 묘하잖아요. 분위기도 얼어붙어 있고. 그리고 지금 딱히 할 일도 없고. 방에 들어가 봐야 심란해서 잠도 안 오니까 그냥 산책하다가 구경하게 된 거죠."

넷은 그렇게 천류영이 뛰는 것을 잠시 보다가 어느새 자리에 앉았다. 구경하는 사람들은 이제 대부분이 앉아서 천류영을 보았다.

팽우종과 남궁수 그리고 당남우와 당혜미도 어디서 얘기를 들었는지 나타나서 구경하다가 자리를 잡고 앉았다.

"헉, 헉헉. 헉헉."

천류영의 입은 옷이 땀으로 흠뻑 젖은 지 오래.

그는 지친 얼굴로 계속 뛰었다. 가끔 힘든지 걷기도 했다. 그러나 잠시 후에는 다시 뛰었다. 그리고 다시 걷다가 또 뛰었다.

"헉헉. 헉헉."

어느새 상당히 많은 사람들이 몰려들어 연무장 주변을 빽빽이 메웠다. 그렇게 많은 이들이 있음에도 불구하고 연무장은 조용했다. 오로지 천류영의 거친 숨소리만 허공을 달궜다.

"하아아, 하아아."

지켜보던 이들은 점차 묘한 감정에 사로잡혔다. 자신들도 뛰고 싶다는 생각이 불쑥불쑥 들었다.

어려운 싸움을 앞두고 간직하고 있던 불안감과 초조함을 어느새 잊고 눈앞의 천류영이 뛰는 모습만 보았다.

그때 상비군 소속의 한 장년인이 불쑥 연무장으로 올라섰다. 그리고 그도 뛰기 시작했다. 그가 반 바퀴를 돌았을 때, 세 명이 합류했다.

그다음부터는 순식간이었다. 구경하던 상당수가 연무장 위로 올라가 함께 뛰었다.

아무 말도 없었다. 그저 함께 뛰었다.

"헉, 헉헉. 헉헉헉."

"하아아, 하아아."

사람들이 내뿜는 거친 숨소리가 후끈했다. 입에서 하얀 입김이 흘러나와 허공에서 흩어졌다. 별빛이 쏟아져 내리고, 주변의 화톳불이 바람에 춤을 췄다.

장득무가 자리에서 벌떡 일어나 손바닥을 가슴에 대고 말했다.

"와아. 이거 안 되겠는데요. 심장이 뜨거워져서 더 이상 참을 수가 없어요."

그리고 그가 연무장 위로 올라가 뛰었다. 그가 한 바퀴를 돌아오자 화가연이 합류하며 물었다.

"다리 불편하다며?"

"어……."

"회복이 참 빨라요. 우리 사형은."

"하하하. 그러게. 부모님께서 엄청난 신체를 물려주신 거지."

"하여간 말은 청산유수(靑山流水)예요."

"두고 봐라. 이 입으로 훗날 패왕의 별 친구 될 테니까."

"처음으로 패왕의 별이 될 사람이 불쌍해지려 하네."

그러면서 서로 웃으며 뛰었다.

독고설은 그 광경을 보다가 주변을 보았다.

팽우종, 남궁수, 당남우, 당혜미가 자리에 없었다. 그들도 뛰고 있는 것이다.

그녀는 옆의 풍운을 보았다.

그런데 풍운도 없었다. 절정 고수라 그런지 소리도 없이 사라져 뛰고 있었던 것이다.

독고설은 자신도 모르게 웃음을 터트렸다.

소리는 낮지만 시원한 웃음.

그런 웃음을 뛰고 있는 이들도 간간히 터트렸다. 모든 이들의 입가에 미소가 어렸다.

사소한 것으로 말다툼을 하던 이들이 함께 뛰면서 농을 건넸다.

"이봐, 자네 내공 쓰는 거 아니지?"

"하하하. 내가 이래봬도 체력 하나는 강철이라니까."

"하긴 자네가 체력 하난 끝내 줬지."

"뭐, 너도 만만치 않잖아. 하하하."

여기저기에서 웃음꽃이 피어났다. 초반에 전력으로 달리다가 지친 친구의 어깨를 툭 치면서 힘내라는 말을 건넸다.

독고설은 고개를 저었다. 믿겨지지가 않았다.

이것이 얼마 전까지 불안감이 극도로 팽배했던 곳이 맞

는지 의심이 들 지경이었다.

그녀는 계속해서 사람들을 보고 그리고 또 저질 체력이면서도 이를 악물고 걷다시피 뛰는 천류영을 보았다.

쿵쾅, 쿵쾅.

심장이 미친 듯 뛰었다.

저 사람 어떻게 하면 좋을까?

달려가서 안고 싶고, 안기고 싶었다.

허공을 흘러가는 작은 바람마저 싱그럽게 느껴졌다.

이것은 축제다. 그리고 작은 기적이다.

천류영은 그저 뛰는 것만으로 축제를, 작은 기적을 만들어 낸 것이다.

그녀도 결국 참지 못하고 발을 앞으로 내디뎠다. 그때 뒤에서 모용린의 목소리가 그녀의 발목을 잡았다.

"정말이지…… 이런 건 반칙이야."

독고설이 고개를 돌려 모용린을 봤다.

"예? 그게 무슨 말이에요?"

"이런 건 들은 적도, 배운 적도 없다고. 생각해 봐. 지금 무림맹주께서 이 자리에 있다고 해도 결코 불안감을 녹일 수는 없어. 정파의 어느 누구라도 불가능해. 그런데 우리의 저 저질 체력의 사령관은 분타의 분위기를 이런 식으로 확 바꿔 버리네. 진짜 괴물이라니까. 나 참, 하도

기가 막혀서 말이 안 나올 지경이야."

독고설은 괜히 웃음이 나왔다. 천류영을 칭찬하는 말이 그렇게 듣기 좋을 수가 없었다. 자신을 칭찬하는 것보다 수천 배 기분이 좋았다.

"저질 체력이라고만 할 수도 없어요. 사령관은 모래주머니를 차고 있다고요."

독고설의 반박에 모용린이 어이가 없다는 표정을 찰나 지었다가 이내 피식 웃었다.

"하여간 사령관은 또 나를 놀라게 하네. 함께 뛰고, 그 다음엔 함께 씻겠지. 그러면서 함께 웃고, 함께 격려하고. 그 모든 것이 자연스럽게 이어지겠지."

"어? 맞다. 언니는 지금 정신없이 바쁜 거 아니에요?"

독고설의 말대로 모용린은 속속 들어오는 세작들의 전서구를 바탕으로 전황의 흐름을 파악하느라 정신이 없었다.

모용린이 한숨을 푹 쉬고 말했다.

"아, 나도 달리고 싶다. 나까지 심장이 두근두근 거리네."

"사람들은 불안해서 무의식적으로 뭔가 자신을 달래 줄 것을 찾고 있었나 봐요."

"맞아. 하여튼 사령관은 연구 대상이라니까. 호령하는

것이 아니라 함께 뛰는 거라…… 뭐, 그답네. 함께하고 싶다는 사람이니까."

"맞아요. 그다워요."

"꼭 잡아라. 안 그러면 누군가가 훅 낚아챌 수도 있으니까."

모용린의 말에 독고설이 긴장했다. 그러나 씩 웃으며 말했다.

"사령관은 연상 취향이 아닐 걸요?"

"까칠하고 주사 있는 여자보다는 낫지 않을까?"

"북해의 얼음보다 차가운 여자는 질색할 걸요? 그리고 나 주사 없어요."

둘은 마주 보고 피식 웃었다. 그리고 이내 웃음을 터트렸다.

"호호호. 믿을 수 없군. 천하의 빙봉이라 불리는 내가 이런 전시 상황에서 농을 주고받고 웃다니."

"이게 바로 사령관이 만들어 낸 작은 기적이에요."

"작은 기적이라……. 뭐, 전혀 틀린 말은 아니네."

그때 중년의 무사가 허겁지겁 달려왔다.

"우군사, 방금 새로운 전서구가……."

모용린은 땅이 꺼져라 한숨을 뱉고는 손을 들었다.

"알았어요. 지금 바로 갈게요."

"언니, 수고해요."

독고설은 모용린에게 손을 흔들고 연무장에 올랐다. 그리고 뛰어서 천류영의 옆으로 다가갔다.

이미 그의 주변은 인산인해였다. 하지만 그녀가 다가오자 많은 이들이 묘한 웃음을 머금고 자리를 내주었다.

"헉, 헉헉."

"사령관님."

"예. 어? 독고 소저. 소저도 뛰십니까?"

"그럼 사람의 심장에 불을 지펴 놨는데 어떻게 해요?"

"하하하. 후우우우…… 조금 힘드네요."

"제 심장에 불 지핀 거 책임지세요."

"예, 그럼요. 뛰세요. 그럼 됩니다. 헉헉."

"방금 예라고 했어요. 사령관님, 저 기억합니다."

"예, 그럼요. 헉헉."

천류영은 지칠 대로 지쳐서 거의 제정신이 아니었다.

그렇게 운명의 날을 앞둔 사천 분타의 밤이 깊어 갔다.

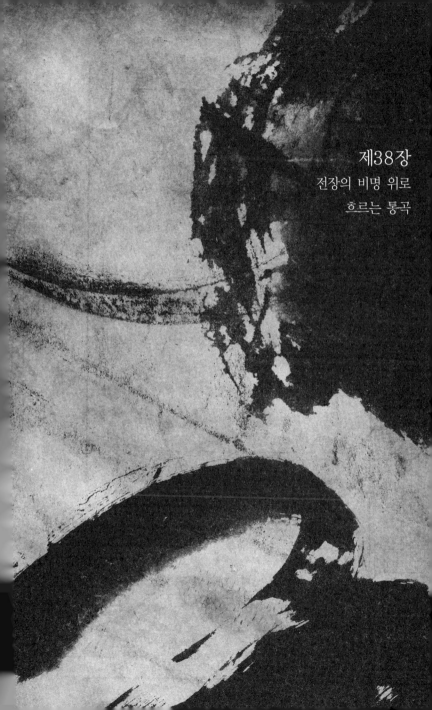

제38장
전장의 비명 위로
흐르는 통곡

1

마룡지옥 뇌악천의 얼굴이 하루 사이에 반쪽이 되었다. 그는 충혈된 눈으로 대막사(大幕舍) 앞에 섰다.

삼경(三更, 밤 열두 시).

번을 서는 이들을 제외하고는 모두 취침 중이었다. 꼭 두새벽에 다시 움직일 계획이라 초경(初更, 저녁 여덟 시)에 잠자리에 들어간 것이다.

하지만 천마검이 있는 대막사는 여전히 불빛이 새어 나왔다.

막사 입구에 있는 호위가 앞에 있는 뇌악천을 보고도

아무 말도 하지 않았다. 가벼운 목례조차도 없이 서서 물끄러미 바라볼 뿐이었다.

뇌악천은 그 호위의 태도에 아주 불쾌한 모욕감을 느꼈다. 소교주인 자신에게 최소한의 예의도 취하지 않다니.

이것이 다 당문세가에서 수하들을 짓밟고 나왔다는 얘기들이 떠돌아서 나온 결과였다. 천마검의 수하들이 소교주를 지휘관으로 인정하지 않고 있는 것이었다.

결국 뇌악천을 따라온 월마룡이 발끈했다.

"네가 지금 눈깔이 삐었느냐? 소교주께서……."

월마룡의 말을 뇌악천이 손을 들어 제지시켰다. 그리고 직접 말했다.

"사령관에게 내가 왔다고 알려라."

그러자 안에서 굵은 목소리가 흘러나왔다. 관태랑의 목소리였다.

"들어오시지요, 소교주."

그의 음성에서는 기다렸다는 듯한 느낌이 물씬 묻어났다.

소교주가 먼저 들어서고 월마룡이 따랐다. 그러나 입구에서 관태랑이 씩 웃으며 말했다.

"자네는 밖에서 기다리지."

"섬마검! 이럴 수는 없소. 나는 소교주의 호위외다."

"사령관의 거처엔 허락된 자만 들어올 수 있거든. 그리고 나는 사령관님으로부터 소교주 이외의 사람을 들이라는 명은 받지 못했어."

"억지요!"

"억지? 그럼 본교의 율법대로 힘으로 결론을 내볼까?"

관태랑의 말에 월마룡이 움찔거렸다. 그러자 막사 안으로 들어선 뇌악천이 쓴 미소를 짓고 월마룡에게 말했다.

"여기서 기다려라."

월마룡은 관태랑을 한 차례 쏘아보고는 뇌악천을 향해 고개를 숙였다.

"존명!"

막사 안에는 백운회와 수라마녀 그리고 마령검이 커다란 원탁에 둘러앉아 있었다. 그리고 그 원탁 위에는 지도가 펼쳐져 있었다.

관태랑이 원탁의 빈 의자를 가리켰다. 방금 전까지 자신이 앉았던 자리다. 천마검의 맞은편 자리.

"앉으시지요."

뇌악천은 불쾌감이 더 짙어졌다. 자신이 들어섰는데도 불구하고 관태랑 외에는 아무도 일어서지 않은 것이다.

천마검이야 원래 그런 놈이고 사령관이니 눈감아 줄 수 있었다. 하지만 수라마녀와 마령검은 일개 무력부대의 조장일 뿐이었다.

물론 그들은 조장 따위를 할 자들이 아니었다. 하지만 그것이 가능한 건 천랑대이기 때문이었다.

천마검이 대주로 있는 천랑대니까.

막사 내부는 크기에 비해 담백했다.

침상과 그 위에 있는 책 몇 권. 회의를 위한 원탁. 서랍장 하나. 몇 개의 의자 그리고 막사 벽에 걸려 있는 사천 지역의 지도들.

그것이 전부였다.

도저히 사령관이 머무르는 곳이라 볼 수 없을 정도로 간소했다.

관태랑이 말을 걸어왔다.

"그러고 보니 소교주께서는 사령관님 막사에 처음이시군요."

"……."

"차라도 한잔 내올까요?"

"차보다는 술 한잔 마셨으면 좋겠군. 그런데…… 회의 중이었다면 다시 올까?"

그의 말에 백운회를 비롯한 이들의 눈에 이채가 스쳤다. 평소의 오만방자한 소교주의 모습이 아니었다.

그에 수라마녀가 흡족한 표정을 지었고, 마령검은 무표정을 유지했다.

관태랑이 말했다.

"아닙니다. 방금 회의를 마쳤습니다."

관태랑이 정중하게 말하고 수라마녀와 마령검에게 눈짓을 했다.

수라마녀는 돌아가는 상황을 더 보고 싶은 마음을 얼굴에 역력하게 드러냈지만 결국 입맛을 다시며 일어섰다. 마령검은 여전히 표정을 드러내지 않았다.

둘이 밖으로 나가자 백운회가 입을 열었다.

"이 야심한 시간에 무슨 일이지?"

뇌악천의 붉은 검미가 꿈틀거렸다. 하지만 입술을 꾹 깨물었다가 착 가라앉은 음성으로 말했다.

"피곤한 신경전은 사양하겠어. 나는 조금 지쳐 있거든."

"후후후. 좋아. 하고 싶은 말을 해 봐."

"사 궁주, 마불 부주지와 거래를 했다고 들었다."

"그래서? 그 내용을 알고 싶은 건가?"

"크크큭. 빤한 걸 물을 이유는 없지."

"……."

"내가 말하고 싶은 요지는 이거다. 그 두 사람의 치부를 묻어 버린다는 건, 나에 관한 것도 함부로 발설할 수 없다는 뜻이란 말이야."

백운회는 한 손으로 턱을 쓰윽 문지르면서 서늘하게 웃

었다.

"후후후, 아직 살 만한가 보군."

"천마검."

"좋아. 할 말이 그게 다라면 나가 봐."

뇌악천이 백운회의 시선을 마주 보다가 그 차가운 눈빛을 차마 감당하지 못하고 고개를 살짝 옆으로 돌리며 말했다.

"이대로 나갈 수는 없지. 내가 방금 한 말에 대해 너도 생각이 있을 것 아닌가?"

"간단해. 마불과 사혈강은 피해자가 되고, 네가 모든 죄를 뒤집어쓰면 되는 거지."

"……!"

"나가 봐. 그리고 기대해도 좋아."

"독한 놈!"

뇌악천이 빽 소리를 질렀다. 그러나 천마검은 낮게 대꾸했다.

"시끄럽다."

"너는…… 왜 나한테 이러는 거지? 대체 내가 너에게 뭘 잘못했다고? 너는…… 너는 나에게서 늘 빼앗어 갔잖아. 섬마검도 그렇고 많은 인재들이…… 다 너에게 갔어. 본교에 있는 수많은 명검과 비급들도 거의 독차지했지. 나는 너 때문에 아버지로부터 그저 그럴듯한 허울만, 껍데기만 남은 것을 받았다."

백운회는 눈살을 찌푸리며 물었다.

"징징거리려고 왔나?"

뇌악천이 벌떡 일어났다.

"내 말은! 왜 나한테 이렇게 가혹하게 구냔 말이야. 넌 별것도 아닌 것을 가지고 수시로 나를 모욕했어. 다른 사람들의 실수는 그냥 넘어가면서 그보다 작은 나의 실수는 꼬투리 잡고 빈정대고 힐난했지."

"후후후, 징징거리러 온 것이 맞군."

"왜 나를 그토록 못살게 굴었는지, 말 안 할 건가? 나는…… 그래, 물론 나도 그랬어. 하지만 시작은 천마검, 네가 시작했어. 나는 억울해서 싸운 거야. 왜? 부인할 텐가?"

"아니, 맞아. 내가 널 괴롭혔지."

너무나 쉽게 인정하는 천마검을 보면서 뇌악천은 주먹을 움켜쥐고 부르르 떨었다. 그의 얼굴이 머리칼처럼 붉어졌다.

"가증스러운 놈. 짐승의 탈을 쓴 건 너야!"

백운회는 혀를 차며 뇌악천을 뚫어지게 보다가 말했다.

"그 이유를 진짜 모르겠나?"

"모르니까 묻는 거다. 왜 사사건건 나를 트집 잡았는지

난 정말 이해할 수가 없었어. 왜? 왜? 왜! 아니 정말 이유란 것이 있기나 한 거냐? 그냥 내가 싫어서 그런 것 아니야?"

백운회도 자리에서 일어나 이마를 덮은 머리카락을 손바닥으로 쓸어 넘겼다. 그리고 검지로 뇌악천을 가리켰다.

"네가 있는 자리."

"뭐?"

"그 자리 때문이야."

뇌악천의 이맛살이 찌푸려졌다.

"그, 그게 무슨 뜻이지?"

"소교주란 자리는 단순히 교주님의 아들이란 것을 뜻하는 것이 아니야. 차기 교주에 오를 수 있는 유력한 자리란 의미를 갖지."

뇌악천이 어이없다는 기색으로 실소를 흘리고는 자리에 털썩 앉았다. 그리고 멍하니 백운회를 보다가 키득거렸다.

"큭, 크크큭. 그렇게 잘난 척 하는 네 녀석의 뜻도 결국 권력에 있었다는 거군. 마협이니 뭐니 하면서 청렴을 떨면서도 실상은 권력욕의 화신이었다는 말이야."

"……."

"사람들은 알까? 겉과 속이 다른 네 추잡한 욕망을. 그러면서 날 욕하고 비하하다니. 이봐, 섬마검. 봤나? 그대가 주군으로 섬기는 자의 실체를?"

그때 밖에 있던 무사가 안으로 술병을 가지고 들어왔다. 관태랑이 그것을 받아 원탁에 놓고는 잔을 백운회와 뇌악천 앞에 놓았다.

쪼르르륵.

관태랑은 백운회의 잔을 먼저 채우고 이어서 뇌악천의 잔을 채웠다.

뇌악천이 관태랑에게 물었다.

"어때? 천마검의 실체를 보니까 후회되지 않나? 저놈이나 나나 별 차이가 없다고. 아니, 천마검은 더 독하지. 가만히 있는 나를 먼저 괴롭혔으니까."

관태랑은 어깨를 으쓱하며 말없이 뒤로 물러났다. 그러자 백운회는 앞에 놓인 잔을 들고 담담하게 말했다.

"뭐가 잘못됐는지 전혀 모르는군."

"……?"

"높은 자리에 있는 것만으로도 죄가 될 수 있는 거다."

뇌악천의 턱이 밑으로 떨어졌다.

"그, 그런 말도 안 되는 궤변을……."

백운회가 뇌악천의 말을 끊었다.

"너처럼 금수저를 입에 물고 태어난 이들에게나 그게 궤변이겠지. 그저 세습된 부와 권력을 당연히 누려야 한다고 생각하니까."

"⋯⋯."

"능력과 도덕성이 결여되어 있는 자가 높은 자리에 있다는 것은 결국 그로 인한 피해를 밑에서 수많은 이들이 뒤집어쓰게 된다는 의미다."

뇌악천의 눈가가 잘게 떨렸다. 백운회가 말을 이었다.

"알겠어? 내가 너에게 시비를 걸고 말고가 중요한 게 아니야. 그딴 건 별 의미가 없어. 왜냐하면 진실은⋯⋯ 난 시비를 건 게 아니니까."

"그게 무슨⋯⋯."

"너는 대업을 꿈꾸는 요직에 있었고, 또한 그 꿈을 꿨다. 그렇기에 나는 너에게 더 엄격한 잣대를 들이댄 것뿐이야. 지도자란 달라야 하니까."

뇌악천은 충격을 받은 표정을 지었다. 그의 눈동자가 거칠게 흔들렸다.

"내가 문제가 아니라 내 자리가 문제라고? 시비가 아니라 엄격한 잣대였다고?"

"그래."

"⋯⋯."

"무능력하고 비도덕적인 장수는 수하를 죽음으로 내몬다. 능력도 되지 않으면서 음모로 지존 자리를 얻은 자는 그 자리를 지키기 위해 부패를 일삼고 바른 말을 하는 자를 제거하지. 그로 인해 수많은 민초와 수하들이 고통스러운 삶을 살게 된다.”

백운회는 시시각각으로 변하는 뇌악천의 표정을 보며 말을 이었다.

“네가 무능하다면 그 존재만으로 민폐가 되고 죄악이 된단 말이야. 아랫사람들의 질투는 웃어넘길 수 있어. 하지만 권력자가 질투하면 통치가 문란해진다. 알겠나?”

백운회는 들고 있는 잔을 단숨에 비웠다. 그러자 관태랑이 다시 잔을 채웠다. 그러자 뇌악천도 잔을 비웠고 관태랑은 그에게도 술을 따랐다.

백운회는 뇌악천을 뚫어지게 바라보며 말했다.

“소교주. 만약 네가 본교의 평교도였다면…… 그럼 어쩌면 우린 꽤 좋은 사이가 되었을지도 몰라. 그렇다면 나는 실수를 감싸 안으려는 노력도 했겠지. 물론 따끔한 훈계도 했을 테고.”

뇌악천이 이를 악물고 대꾸했다.

“나는…… 내가 원해서 아버지의 아들로 태어난 게 아니야. 내가 원해서 소교주가 된 것이 아니란 말이야. 아버지가 원했고, 많은 태상장로님과 장로님들이 원했어. 그런데 그게 왜 내 죄야?”

백운회는 깊은 한숨을 내쉬고 다시 술잔을 비웠다.

"아직도 말귀를 못 알아듣는군."

"난 어쩔 수가 없었어. 그렇게 태어났고, 그렇게 길러졌으니까. 난 시키는 대로 했을 뿐이야!"

"내가 말했지. 징징대지 말라고."

"징징? 제발 그따위 말은 하지 마라."

"좋아. 그럼 묻겠다. 너는 그 높은 자리에서 대체 뭘 했지?"

"뭐?"

뇌악천이 당황하자 백운회는 조소를 흘리며 말했다.

"네가 말했잖아. 시키는 대로 했다고. 네가 본교의 평교도라면…… 줏대도 없이, 그저 위에서 시키는 대로 일하는 이를 믿고 따르겠나?"

"……."

"넌 지존의 그릇이 아니야. 네가 지존이 된다면 본교 그리고 더 나아가 천하가 도탄에 빠질 뿐."

뇌악천은 세차게 고개를 저었다.

"아니, 네가 잘못 본 거다. 나에게도 제대로 된 기회가 주어진다면 잘할 수 있다."

그의 음성은 애처롭기까지 했다. 그러나 백운회는 자신의 목소리에 담긴 얼음을 전혀 녹이지 않았다.

"천만에. 난 잘못 보지 않았어. 그리고 넌 그것을 이번 당문에서 확실하게 증명했지. 필요하다면 수하들을 가차 없이 짓밟을 수 있다는 것을."

"그, 그건……."

"네가 만약 지난 세월 조금이라도 지존의 품격을 보였더라면 나는 너를 경쟁자로 인정했을 거야. 소교주라는 지위에 나이도 많으니 존대도 했을 테고. 하지만 넌 자격 미달이었어."

뇌악천은 입술을 바르르 떨다가 술을 들이키고는 고통스러운 표정을 지었다. 그 얼굴을 잠시 보던 백운회가 말을 이었다.

"높은 자리엔 그만한 책임이 따르는 거야."

"……."

"다시 말하지만 능력과 도덕성이 결여됐다면 그 자리에 있는 것만으로도 세상에서 가장 큰 죄인 거지."

뇌악천은 눈을 감았다. 그의 눈꺼풀이 그리고 입술이 파르르 떨렸다.

백운회는 그런 뇌악천을 흥미로운 시선으로 주시했다. 그리고 뇌악천이 눈을 감은 채 물었다.

"그렇군. 확실하게 알았다고 할 수는 없겠지만…… 뭔가 좀 알 것도 같아."

"그래?"

"그러니까 네 말은…… 내가 싫은 건 아니었다는 것으로 해석할 수도 있는 건가? 내가 그 자리에 있었기 때문에, 그리고 내가 권력을 꿈꿨기에 싫은 거지."

백운회가 고개를 주억거렸다.

"맞아. 사실 그렇기에 난 인간적인 연민으로 너에게도 공을 세울 기회를 주려고 했던 거야. 첫 번째 출전이니 내가 모르는 네 가능성이 있을 수도 있다고 판단했고. 당문세가 말이야. 뭐, 결과는 정반대가 되었지만."

뇌악천은 눈을 뜨고 낮게 웃었다.

"크크크. 그렇군. 좋아. 기분이 조금 나아지는군. 네가 이렇게 솔직하게 말해 주는 건 아마 나와 이런 자리가 마지막일 수도 있다는 생각 때문이겠지?"

"그래, 그럴 거다. 네가 여기서 지금 어떤 선택을 하든 너는 나와 평생 마주칠 일이 없을 거다."

"지난 하루 많은 생각을 했다. 섬마검은 나에게 와 거래를 하자고 했지. 사실 난 그 제안을 뿌리쳤다."

"들어서 알고 있어."

"그런데…… 크크크. 마불 땡중과 사혈강이 먼저 배신했더군."

백운회는 팔짱을 끼며 씩 웃었다.

"궁지에 몰린 입장이 어땠나?"

"더러웠다."

"후후후."

"그리고 알게 됐지. 나에게 남은 길은 두 개. 하나는 너와 사생결단을 내는 것이고, 다른 하나는…… 흠…… 그래, 너에게 복종하는 것이지."

뇌악천은 손을 내밀어 술잔을 쓰다듬었다. 그리고 슬픈 눈빛으로 말을 이었다.

"답은 간단했어. 너와 싸우면…… 나는 죽을 거야. 아무리 궁리해 봐도 이길 가능성이 전무하더군. 대신 복종하면 살겠지. 그런데 그런 굴종을 당할 바에야 죽는 게 낫지 않을까 싶은 생각도 들고."

"……."

"딱 하나만 묻겠다. 나를…… 아버지로부터 지켜 줄 수 있나?"

"내가 못한다면 그 누구도 할 수 없지."

"크크크. 쉽지 않을 텐데. 뭐, 좋아. 아버지를 상대로 믿을 수 있는 사람은 천하에 너뿐일 테니까. 그렇다면 나는 권력은 필요 없다. 내가 너에게 머리를 숙이기로 한 이상, 내 존재가 너에게 부담이 될 수도 있을 테니까. 다만 생활 수준은 유지했으면 좋겠어."

관태랑이 처음으로 끼어들었다.

"그렇게 될 겁니다."

뇌악천이 갑자기 오른손을 왼 소매 안으로 집어넣었다. 그리고 작은 비수를 꺼냈다.

관태랑이 놀라 검을 뽑으려는 순간 뇌악천이 말했다.

"혈서를 써 주지. 그럼 되겠는가?"

2

뇌악천이 혈서를 쓰고 일어나자 관태랑이 목면 천을 내밀며 말했다.

"최선의 선택을 하신 겁니다. 소교주께서는 죽는 날까지 안전하실 것이고 안락함을 누릴 겁니다."

뇌악천은 천을 받아 찢었던 검지를 두르며 묘한 웃음을 흘렸다. 뭔가 시원섭섭한 표정 같기도 했고 체념한 듯한 미소처럼도 보였다.

"문뜩 이런 생각이 드는군. 만약, 만약에 말이야."

"……?"

"십 년 전, 섬마검 자네가 나에게 왔더라면, 어쩌면 지금 천마검과 나의 자리는 바뀌어 있지 않을까라는."

관태랑의 눈동자가 살짝 흔들렸다. 그는 백운회를 흘낏 보고는 곤혹스러운 표정으로 답했다.

"역사에 가정이란 의미가 없습니다. 결국 모든 것은 필연! 지금 소교주님의 질문은 가치가 없습니다."

뇌악천이 낮게 키득거리고는 말을 받았다.

"누가 뭐라나? 어차피 나와 천마검과의 암투는 나의 패배로 종료됐어. 인정한다고. 그러니까…… 허심탄회하게 말해 볼 수 있는 거잖아."

"……."

"솔직히 말해서 천마검이 천마동에서 나왔을 때 많은 교도들이 열광했지만 세력은 없었어. 천마동에서 나온 이후, 일 년 넘게 천마검이 보여 준 행보는 꽤나 인상적이었지만 동시에 아주 위험천만한 줄타기와 같았고 말이지."

뇌악천의 말은 사실이었다.

당시 백운회의 나이 겨우 열여덟.

무림사를 통틀어 봐도 찾아볼 수 없는, 공전절후의 무공 천재였지만 그로 인해 천마신교의 기득권층은 불편했다.

왜냐하면 백운회는 피가 뜨거운 청춘이었고 모든 일에 자신만만했다. 사소한 불의와도 타협하지 않았다. 그렇기에 천마신교의 많은 고수나 세력들과 끊임없이 크고 작은 충돌을 일으켰다.

만약 천마동의 비급을 탐낸 마교주가 백운회를 감싸 주지 않았더라면 제아무리 백운회라해도 요절했을 가능성이 높았다.

그런 백운회가 관태랑을 영입하면서 상황이 바뀌었다.

관태랑은 백운회가 등장하기 전, 천마신교에서 가장 뜨거운 감자였다. 백 년에 한 번 나올 만한 동량으로 주목받았고, 소교주 뇌악천과 함께 차기 교주 자리를 놓고 경합을 벌일 인물로까지 부상해 있었다.

그렇기에 교주를 견제하는 세력은 관태랑을 지지했다.

이런 관태랑이 백운회의 밑으로 들어간 것이다. 그로 인해 백운회는 적지 않은 세력을 가지게 되었다. 그날 이후 백운회의 본격적인 비상이 시작되었다.

백운회의 비상에 관태랑이 얼마나 중추적인 역할을 했는지 드러난 건 그다지 많지 않다. 왜냐하면 관태랑은 음지에서 활동했기 때문이다.

이번에 천마검이 사황궁과 소뇌음사를 움켜쥐고 소교주까지 굴복시키는 것처럼 말이다. 물밑 작업은 관태랑이 했지만 천마신교와 흑천련은 이번에도 천마검만 주목하게 될 터였다.

관태랑의 천마검을 향한 충정과 헌신이 있기에 오늘날의 천마검이 있다고 해도 과언이 아니었다.

뇌악천은 백운회와 관태랑을 번갈아 보며 물었다.

"내 생각이 흥미롭지 않나?"

관태랑은 한숨을 삼켰다.

패자는 말이 없어야 하는 법이다. 특히나 무인은 언제 어디서라도 당당해야 했다. 변명은 졸렬할 뿐이다. 그러나 뇌악천은 이 와중에도 핑계거리를 찾았다.

"예, 전혀 흥미롭지 않습니다. 제가 소교주님 밑으로 들어갔더라도 결과는 바뀌지 않았을 거라고 확신합니다. 왜냐하면 천마검은 천마검이니까요."

"천마검은 천마검이라……."

가히 최상의 찬사였다.

뇌악천은 쓴 미소를 짓고 고개를 백운회에게 돌려 말을 이었다.

"사령관도 그렇게 생각하나? 섬마검을 내가 품었더라도 자네가 그렇게 승승장구했을까? 자네가 계속 승자였을까?"

관태랑은 미간을 접었다. 깍듯하게 예의를 지켰지만 슬슬 그의 표정에도 짜증이 드러났다.

"대주님, 대답할 가치도 없는 질문입니다."

진짜 질 나쁜 질문이었다. 인정하면 천마검의 위상이, 불인정하면 자신의 체면이 깎이는 질문이니까.

아니, 자신의 체면 따위야 상관없었다. 그러나 대주님의 위상이 흔들리는 것은 싫었다.

백운회는 피식 웃고 자신을 바라보는 뇌악천을 직시했다.

"뇌악천, 네가 섬마검을 품는다라……. 네가 나에게 던지는 마지막 질문일 테니까 어떻게든 상상해 보려고 했는데 말이지, 이건 가정 자체가 성립이 안 돼."

뇌악천이 이맛살을 찌푸리며 물었다.

"그건 무슨 뜻이지?"

관태랑도 고개를 갸웃하며 백운회를 보았다. 백운회는 머리를 여유롭게 쓸어 넘기며 담담하게 말했다.

"네 그릇 크기는 종지야. 종지가 대해와 같은 섬마검을 어떻게 품을까?"

"……!"

백운회의 말에 뇌악천의 얼굴이 모욕으로 붉어졌다. 반면 관태랑의 얼굴은 살짝 놀란 것 같았지만 입가엔 엷은 미소가 어렸다. 웃음이 터져 나올 것 같아서 어금니를 깨물어 참아야 했다.

뇌악천은 백운회를 쏘아보다가 양손을 들어 올리며 낮게 웃었다.

"크크큭. 당최 당할 수가 없군. 자네의 혀는 칼만큼이나 무서워."

그는 찬바람을 일으키며 돌아서서는 말을 이었다.

"천마검, 부디 앞으로도 계속 승승장구하길 빈다. 그래야 나도 안전할 테니까."

뇌악천이 막사 밖으로 사라지자 관태랑이 억지로 표정 관리하던 것을 풀었다. 그는 비로소 환하게 미소 지으며 백운회에게 말했다.

"대주님, 감축 드립니다. 사실상 흑천련을 거머쥐었을 뿐만 아니라 본교의 세력도 교주를 능가하게 될 겁니다. 조만간 대주님께서 그렇게 원하셨던 교내의 개혁을 누구의 눈치도 보지 않고 추진하실 수 있을 겁니다."

백운회는 심드렁하게 대꾸했다.

"나야 원래 아무의 눈치도 살피지 않았어. 자네만 빼고."

관태랑이 어깨를 으쓱하며 소리 없이 웃다가 대꾸했다.

"덕분에 제가 꽤 힘들었습니다."

이번엔 백운회가 미소 지었다.

관태랑은 농담으로 가끔 불평하고는 했었다. 대주님의 뒤치다꺼리를 하다 보니 새치가 한가득이라고.

"관태랑, 그 점에 대해서는 늘 미안하고 고맙게 생각하고 있어."

"별말씀을. 어쨌든 이제부터는 보이는 비리뿐만 아니라 구조적인 문제를 해결할 수 있게 될 겁니다."

백운회는 고개를 끄덕이며 싱긋 웃었다. 확실히 이건 대단한 소득이었다.

아무리 자신이라도 오래된 악폐를 근절하는 건 불가능했다. 기득권의 저항이란 건 결코 만만히 볼 수 없었기에. 꼬리를 잡으면 능숙하게 그 꼬리를 잘라 버리는 이들이니까.

하지만 이제부터는 상황이 달라질 터였다.

마침내 교내에서도 주도권을 쥘 수 있는 기반이 확보된 것이다. 그것을 바탕으로 썩은 부분을 가차 없이 도려낼 심산이었다. 피의 숙청 이후 새로운 천마신교가 탄생될 것이다.

이른바 강호 일통 다음으로 꿈꾸던 염원이다.

백운회는 만족스러움을 얼굴에 드러냈다. 하지만 이내 앉아 있는 의자의 팔걸이를 손가락으로 톡톡 치면서 한숨을 흘렸다.

관태랑이 고개를 갸웃거렸다.

"걸리시는 것이라도 계십니까?"

"다 좋은데 한 가지가 마음에 들지 않아."

"무엇이 말입니까?"

"저 빌어먹을 소교주를…… 죽을 때까지 안락하게 살 수 있도록 보살펴 줘야 한다는 것이."

엄청난 소득에 비하면 작은 투정에 관태랑은 결국 소리 내어 웃었다.

　　　　　*　　　　　　*　　　　　　*

　수라마녀는 막사 밖에서 소교주가 대주가 말하는 대로 혈서를 작성하는 것을 들었다. 그녀는 더 이상 근처에서 서성일 필요가 없었기에 기쁨에 찬 얼굴로 발을 옮겼다.

　"마침내 대주님께서 본교를 움켜쥐시겠구나!"

　그녀는 혼잣말로 중얼거리며 자신의 막사로 들어섰다. 그리고 침상 옆에 있는 탁자 아래에 있는 숯에서 불씨를 꺼내 호롱의 심지에 불을 붙였다. 호롱의 심지가 축 처져 있어 손으로 돋운 그녀는 침상에 몸을 뉘였다.

　희미한 불이 은은히 퍼졌다.

　모든 막사 안에는 호롱불을 켜 둔다. 적이 야습을 해 왔을 때, 일어나는 즉시 시야를 확보할 필요가 있기 때문이다.

　그녀는 베개에 머리를 묻으며 미소 지었다.

　사실 사천을 점령하지 못하고 교로 퇴각한다는 사실이 못 견디게 짜증스러웠다. 어쨌거나 이번 점령군의 사령관은 천마검이었으니까. 괜한 책임을 그가 뒤집어쓸까 걱정이 되었던 것이다.

　그녀는…… 천마검을 사모하고 있었다. 이것이 말도 안 되는 일이란 건 그녀 자신이 잘 알고 있었다.

대주는 천하일통까지 가족을 갖지 않겠다고 천명한 사람이었다. 또한 그 이후에도 그의 배필이 될 여인은 최고여야 했다. 자신 따위는 감히 넘볼 수도 없는 사람이 바로 천마검이었다.

그녀는 욕심이 없었다. 그저 곁에서 그가 끊임없이 성장해 나가는 것을 바라보는 것만으로도 충분했다.

그녀는 모로 누웠다가 눈을 빛냈다.

호롱불 옆에 접혀진 쪽지가 보였다. 천마검이 앞으로 교내에서 활약할 모습이 상상되어 너무 설렌 나머지 쪽지를 보지도 못한 것이다.

그녀는 고개를 갸웃거리며 손을 뻗어 쪽지를 잡았다. 그리고 펼쳐서 읽던 그녀의 얼굴이 딱딱하게 굳었다.

"으음……."

묘한 소리를 뱉은 수라마녀는 잠시 망설이다가 이불을 젖히고 침상에서 일어났다. 그리고 방금 풀어 두었던 보랏빛 채찍을 옆구리에 차고는 막사를 나섰다.

*　　　*　　　*

홀로 집무실에서 밤을 새우고 있는 모용린은 계속해서 들어오는 전서구의 내용을 살피며 이를 악물었다. 마치

흐느낌 같은 목소리가 그녀의 잇새로 흘러나왔다.

"말도 안 돼! 쉬지를 않고 있어."

모용린은 적 기마대가 거의 쉼 없이 달리는 것에 아연해했다.

이제는 쉬겠지, 곧 멈춰서 쉴 거야.

그렇게 생각하며 속속 들어오는 전서구 내용을 확인했다. 밤이 깊어 가면서 결국엔 쉴 수밖에 없다고 믿었다.

그녀가 그렇게 믿는 데에는 세 가지 이유가 있었다.

첫째, 밤에 말을 타는 것은 위험했다.

둘째, 아주 잠깐의 휴식만 취하고 이동한다는 것은 말의 체력에 문제를 일으킨다. 사실 지금까지 거의 낙오가 없다는 것도 기적에 가까운 일이었다.

셋째, 말을 타는 사람들의 체력도 문제다. 보통 사람이라면 한 시진만 승마를 해도 지친다. 아무리 고강한 무사라고 해도 하루 종일 말을 타고 해가 떨어진 다음까지 움직인다면 탈진하지 않을 수 없다.

큰 전투를 앞둔 사람이라면 그 전에 반드시 휴식을 취하는 것이 옳다. 그러지 않으면 싸우다가 체력이 고갈되고 말 테니까. 아니, 싸우기도 전에 나자빠질 수도 있었다.

모용린은 앉은 자세에서 고개를 뒤로 젖혔다.

대체 이 말도 안 되는, 병법의 기초를 무시하는 기동전

(機動戰)의 의미는 뭔가?

그녀는 천장을 보면서 양손으로 얼굴을 감싸 안았다.

"흐흐흐."

너무 기가 막혀서 어이없는 웃음만 흘러나왔다. 충격적인 예상에 허탈감이 들 지경이었다.

그녀는 천천히 자리에서 일어났다.

설마설마 했지만 이제는 부인할 수 없었다. 자신들은 천마검에게 완벽하게 당했다는 점을.

아니, 이것을 어떻게 예상할 수 있단 말인가? 상식적으로 상상조차 할 수 없는데 말이다.

적은 점창파를 단숨에 깨부술 수 있다고 자신하고 있었다. 지치고 피곤해도 점창파를 단시간에 무너뜨릴 수 있다고 확신하고 있는 것이다. 그렇지 않다면 이렇게 무모한 강행군을 벌일 리 만무했다.

즉, 그들은 사일검법에 대한 파훼법을 연구했고, 그 검술을 완벽하게 자신의 것으로 만들었다는 의미였다.

아마 사일검법의 약점을 파악한 것은 천마검이겠지.

모용린은 책상 앞에 서서 방금 들어온 전서구의 내용을 다시 한 번 읽었다.

적이 돌파한 지역이 쪽지에 있었다.

"곧 점창파와 만나겠군."

지원군이 아무리 빠르게 움직여도 점창파와의 합류는 물 건너갔다고 보는 게 맞았다. 그리고 적의 자신감이 사실로 증명된다면 지원군은 점창이 완전히 무너지고도 한참 뒤에야 당도하게 될 터였다.

즉, 적은 점창을 무너뜨린 후 휴식을 취하다가 지원군과 맞서게 될 터였다.

"최악이야."

지원군의 진로를 수정했기에 더 이상 전서구로 연락하는 것은 사실상 불가능했다.

모용린은 고뇌에 찬 표정으로 잠들어 있을 천류영에게 가려고 했다. 그러나 그녀는 곧 멈춰 섰다.

곧 천마검과 상대할 천류영이었다.

그런 사람을 깨워 이런 사실을 알리는 것은 의미가 없었다.

지금 천류영이 할 수 있는 건 아무것도 없었다. 그는 신이 아니고 사람이니까.

아니, 어쩌면 천류영은 무지막지한 경공술을 가진 풍운을 보내려고 할 수도 있었다. 낭왕 대협과 백호단을 보냈듯이.

하지만 그건 자신이 용납할 수 없었다. 그건 독고설의 말마따나 염치없는 짓이다. 어떻게 이보다 더 이상 천류영에게 희생을 강요할 수 있단 말인가!

그녀는 다시 자리로 돌아와 풀썩 앉았다.

이제 자신이 할 수 있는 것은 하늘에 기원하는 것밖에 없었다.

점창의 저력이 생각보다 훨씬 대단하기를.

그리고…… 그럴 가능성도 충분히 있었다.

어쨌든 점창 장문인은 사천 무림의 작은 거인이라 불리는 인물이었다. 벽창호일지는 몰라도 무인으로서는 마땅히 존중받아야 할, 보기 드문 호걸이었다.

"이십 년간의 노력, 그동안 흘린 땀을 믿겠습니다. 점창 장문인."

그녀의 간절한 바람이 입술 사이로 나직하게 흘러나왔다. 천류영의 말처럼 지금은 믿음이 필요한 때였다.

* * *

히히이이힝!

지친 흑마가 투레질을 하더니 이내 고꾸라졌다. 그러자 말을 타고 있던 천랑대원이 급히 허공으로 몸을 띄웠다가 땅에 떨어지며 몇 바퀴 구르고 일어났다.

상당한 수준의 낙법으로 그는 전혀 다친 곳이 없는 듯 흙먼지를 툭툭 털어 냈다.

천랑대 일조장 폭혈도가 손을 들어 외쳤다.

"정지!"

그의 외침에 빠르게 움직이던 사백여 인마가 멈췄다.

정확한 숫자는 삼백팔십.

이미 이십여 필이 쓰러졌고, 말을 잃은 이십여 명은 뒤 어딘가에서 경공을 펼치며 따라오고 있을 것이다.

초지명이 이마의 땀을 훔치며 폭혈도에게 다가갔다.

"잘했네. 그러지 않아도 멈추게 하려던 참인데, 더 이상은 무리야."

폭혈도가 고개를 주억거리며 말을 받았다.

"예, 흑랑대주님. 그래서 이제부터는 뛰어가야지 싶습니다."

천랑 이조장 귀혼창과 몽추, 파륵도 다가왔다. 그리고 천랑대와 흑랑대가 아닌 천마신교의 무사들을 이끄는 장수인 마창(魔槍) 송화운도 합류했다.

마창이 이끄는 무사들 대부분은 소교주보다 천마검을 지지하는 자들이었다. 물론 마창도 마찬가지였다.

초지명은 고개를 돌려 뒤의 수하들을 훑었다.

두 부류로 확연히 갈렸다.

천랑대와 흑랑대는 땀을 흘리고 있지만 여전히 쌩쌩한 얼굴이었다. 그러나 남은 이들은 지친 기색이 역력했다.

체력과 내공 그리고 야전에서의 경험이 차이를 만들었다.

초지명은 수하들을 잠시 살피고는 빙그레 웃었다.

쌩쌩하건 지쳤건 간에 모두의 눈빛이 형형한 것이 마음에 들었다.

초지명은 폭혈도와 마창을 번갈아 보며 말했다.

"뛰기보다는 걷는 게 낫겠네. 최소한의 휴식이 필요하고 걸으면서 굳어 있는 근육을 푸는 게 나을 테니까."

마창 송화운이 고개를 끄덕이며 동의했다.

"예, 그렇게 하는 것이 좋겠습니다."

폭혈도는 살짝 미간을 찌푸리며 퉁명스럽게 말했다.

"흑랑대주님, 이 정도 가지고 강행군이라고 할 수는 없지요."

초지명이 미소를 유지하며 말을 받았다.

"자네나 천랑대의 강철 체력은 알겠어. 하지만 모두가 천랑대는 아니잖나?"

그 말이 마음에 들었는지 폭혈도는 씩 웃었다. 하지만 이번엔 파륵이 불만을 터트렸다.

"우리 흑랑대도 끄떡없습니다. 잘 아시잖습니까? 대주님!"

폭혈도와 파륵의 묘한 신경전에 마창이 질겁한 표정으로 손사래를 쳤다.

"우리 애들은 천랑대나 흑랑대 같은 철인들이 아닙니다. 조금 봐주시지요. 앉아서 쉬자고는 안 할 터이니 그냥 걷게만 해 주십시오."

그 말에 일부가 낮게 웃음을 터트렸다. 지쳤건 그렇지 않건 간에 한 가지는 확실해 보였다. 곧 대규모 전투가 벌어질 터인데 그 누구도 긴장하고 있지 않다는 것이다.

그때 초지명과 폭혈도 그리고 귀혼창의 눈꼬리가 살짝 올라가더니 고개가 전면을 향했다.

이곳은 평지였다. 허공에 깔린 어둠 속 저 멀리 지평선에서 그림자가 일렁였다.

폭혈도가 낮게 웃었다.

"크허허허. 저놈들도 꽤나 달려왔나 봅니다."

초지명은 생각보다 빠른 조우에 고개를 끄덕였다.

"그렇군. 천랑대주의 예상대로 점창은 지원군이 합류하기 전에, 그들만으로 우리를 끝장내고 싶은 거야."

귀혼창이 푸석한 목소리로 말했다.

"빨리 죽고 싶다는데 그렇게 해 주지요."

방금 전까지 앓는 소리를 하던 마창 역시 눈을 빛냈다.

"천랑대주의 말씀처럼 정파 놈들에게 본교가 얼마나 무서운지 제대로 보여 줘야겠지요. 그 무림서생인가 하는 놈 때문에 본교의 위신이 너무 망가졌습니다."

마창의 말처럼 모든 이들이 전의를 다졌다.

정파의 고수들이 가장 두려워하는 천마신교의 강력함이 이번 사천 점령전에서는 빛이 바랬다. 사상 최강의 무력을 가진 선발대였음에도 불구하고 드러난 성과가 영 기대에 차지 않는 것이다.

초지명은 마창이 무림서생을 너무 가볍게 여긴다는 생각을 했다. 하지만 지금 이 자리에서 그런 것을 지적해 사기를 저하시킬 이유는 없었다.

초지명은 뒤의 수하들을 향해 말했다.

"하마(下馬)하라!"

그의 명에 모두가 말에서 내렸다. 만약 정상적인 상황이었다면 말을 타고 짓쳐 드는 것이 훨씬 좋을 것이다. 그러나 쓰러지기 직전인 말을 타는 것은 오히려 역효과만 가져올 터였다.

초지명은 구척의 청룡극으로 땅을 찍고는 수하들을 향해 말했다.

"딱 두 가지만 말하겠다. 천랑대주께서 내린 명을 기억해라. 그리고…… 한 명당 둘만 상대하면 끝난다. 피곤할 터이니 시간 끌지 말자."

수하들의 입꼬리가 올라갔다. 그들의 눈에 잔혹한 빛이 떠올랐다.

전사의 얼굴이다.

그 표정이 마음에 든 초지명은 다시 앞으로 돌았다.

"가자!"

3

천랑대가 앞장섰다. 그들은 천마검으로부터 사일검법의 파훼법에 대해 훈련을 받았으니까.

그 뒤를 흑랑대가 받쳤고 마지막으로 남은 마교도들이 따랐다.

다만 초지명은 흑랑대지만 최선두에 섰다. 그는 이 사백여 명의 지휘권을 천랑대주에게 일임 받았으니까. 또한 그는 점창 장문인을 상대해야 했다.

초지명의 좌우로 몽추와 파륵이 아닌 폭혈도와 귀혼창이 걸었다.

폭혈도가 초지명을 향해 낮게 말했다.

"아직 완전히 쾌차하지 않은 것으로 알고 있습니다. 쉬엄쉬엄하십시오. 제가 흑랑대주님의 몫까지 힘을 쓰지요."

귀혼창도 사막처럼 메마른 음성으로 말했다.

"전투 중 불편한 데가 있으면 신호를 보내십시오. 저나 폭혈도만으로도 충분하니까요."

초지명은 어깨를 으쓱거렸다.

"그대들과 이렇게 나란히 적진을 향해 들어가는 일이 생길 줄은 몰랐네. 지금 몽추와 파륵이 자네 둘을 매우 질투하고 있을 게야."

귀혼창이 피식 웃고 대꾸했다.

"그러게 말입니다. 저는 항상 우리 천랑대주님만 따를 줄 알았는데 말입니다."

"천랑대주보다야 못하겠지만 나름 실망시키지 않도록 노력하지."

폭혈도가 시원한 웃음을 터트렸다.

"크허허허. 많이 분발하셔야 할 겁니다."

모두가 목과 어깨를 풀며 여유롭게 걸었다.

이런 속도로 걸으면 점창파와 충돌할 시간은 대략 이각 쯤 뒤. 그 시간이면 저들을 상대하기 위한 어느 정도의 체력을 회복할 수 있는 시간이었다.

흑도인들이 점창파를 발견한 것처럼 점창파도 상대의 존재를 간파했다.

점창 장문인 적일성의 입가에 흡족하면서도 여유로운 미소가 떠올랐다.

"생각보다 훨씬 이른 조우군. 후후후."

이 의미는 마교도들이 미친 듯 달려왔다는 뜻이다. 아무리 고수가 많은 마교라고는 하지만 무모한 짓이었다.

가일산 장로가 수염을 쓰다듬으며 말을 받았다.

"우리에게 지원군이 합류하기 전에 싸우려고 애를 쓴 것 같습니다."

그의 의견에 모두가 고개를 주억거렸다. 막내 장로인 고산추가 긴장한 얼굴로 입을 열었다.

"사일검법의 파훼법에 대한 자신감일지도 모르지요."

그의 말에 많은 이들이 눈살을 찌푸렸다.

이미 점창은 자신들이 사일검법에 치중함으로써 생기는 약점에 대해 인지하고 있었다. 적이 사일검법의 파훼법만 죽어라 연구하면 그들이 유리한 고지에 설 수 있다는 것을!

적일성은 그리고 점창인들은 어리석지 않았다. 그렇기에 자신들도 독문절기인 사일검법에 대한 연구를 했다. 그것도 무려 이십여 년에 걸쳐서 말이다.

고산추는 자신을 바라보는 사형 장로들의 싸늘한 시선을 느끼고는 멋쩍게 웃었다.

"허허허. 저들은 그것이 얼마나 무의미한 짓인지 곧 알게 되겠지요. 우리가 오랜 시간 흘린 땀방울의 의미를 말입니다."

가일산 장로가 혀를 끌끌 차며 대꾸했다.

"사제는 꼭 그렇게 실언을 하고 그것을 주워 담기에 바쁘니. 쯧쯧."

가이산 장로가 맞장구를 쳤다.

"처음부터 핵심을 말하는 습관을 들이란 말이야. 자네의 그 말버릇이 스스로를 깎아내린다는 것을 왜 몰라?"

고산추 장로가 쓴 웃음을 짓고 답했다.

"그러게나 말입니다. 매번 고친다고 하면서도 저도 모르게……."

어쨌거나 이들도 마교도들처럼 긴장감보다 자신감이 더 강했다. 왜냐하면 노력은 배신하지 않는 법이니까!

점창파와 마교도의 거리가 어느새 훌쩍 가까워졌다. 이제 남은 거리는 불과 삼십여 장.

어둠 속에서도 적 선두의 얼굴이 보이기 시작했다.

얼마 전까지 불던 바람은 많은 무사들이 내뿜는 기세에 질렸는지 자취를 감췄다.

환한 달이 잠깐 구름 뒤로 숨었다가 나오자 서로의 거리는 이제 이십여 장도 남지 않았다. 그리고 양쪽이 멈춰 대치했다.

적일성 장문인은 좌우를 돌아보았다.

장로들을 비롯한 점창의 고수들이 선두에서 적당한 거리를 두고 서 있었다. 그들은 각자 뒤에 도열해 있는 제자들을 잘 이끌 것이다. 이런 훈련은 수없이 해 왔으니까.

적일성은 제자들의 얼굴에 주눅은커녕 전의가 들끓고 있음에 흡족해하며 힘껏 고함을 외쳤다.

"점창인이여! 천하에 점창이 살아 있음을 알리는 첫 전투다! 지난 세월 우리가 흘린 땀을 믿어라! 스스로의 칼을 믿어라! 믿고 나아가 사악한 무리들을 제압하라!"

그의 명에 칠백여 점창인들이 일제히 발검하며 함성을 질렀다.

"우와아아아아!"

거대한 함성이 앞으로 쏟아졌다. 그리고 발에 힘을 주어 뛰어나갔다.

초지명의 외눈이 살기로 번들거렸다. 폭혈도가 옆에서 채근했다.

"흑랑대주께서 앞장서기 껄끄러우시다면 제가 먼저 가지요."

"이봐, 폭혈도."

으르렁거리는 듯한 초지명의 낮은 말에 폭혈도는 자신도 모르게 움찔했다. 방금 전까지 서로 농을 던지던 때와는 눈빛이나 표정이 천양지차였다.

초지명의 음성에 어마어마한 살기가 갈무리되어 있었다. 산전수전 다 겪은 자신마저 움찔할 정도로 말이다.

그는 전투를 앞둔 초지명을 보며 '과연, 전장의 창이로군.' 이라는 생각을 하지 않을 수 없었다.

초지명이 말을 이었다.

"나는 말이야. 저번 당문에서 배제된 것을 제외하고는 단 한 번도 선두를 내준 적이 없어."

폭혈도가 빙그레 웃었다.

"누가 먼저 점창을 관통하나 내기할까요?"

"후후후, 내 별호가 전장의 창인 것을 모르나?"

"예전부터 그 별호가 마음에 들어 가지고 싶어서 말입니다."

"크크크, 좋아. 천랑대의 일조장이라면 그런 객기를 부릴 만하지. 그럼 자네는 뭘 걸 거지?"

"제가 지면 흑랑대 전원에게 사흘 내내 거하게 한 턱 쏘지요."

"그거 마음에 드는군. 은자를 꽤나 두둑하게 준비해야 할 거야."

"흐흐흐, 좋습니다. 그럼 내기하는 겁니다."

"그전에 점창 장문인부터 빨리 처리하자고."

그 말과 동시에 초지명이 발을 내디뎠다. 그의 청룡극이 허공으로 치솟았다.

점창인들이 어느새 오 장의 거리까지 육박했다. 그들이

내지르는 함성에 귀가 먹먹할 지경이었다.

그 고성을 뚫고 초지명의 고함이 터졌다.

"점창! 너희들은! 애송이다!"

초지명이 땅을 박차고 붕 떴다. 그리고 도약했다가 내려오면서 청룡극도 따라 하강했다.

부우우웅!

강렬한 파공음이 허공을 베었다. 그 순간 선두 점창인의 왼쪽 어깨가 갈라졌다.

콰지지지직!

청룡극은 어깨뼈에 이어 갈비뼈까지 모조리 쪼개며 오른쪽 허리로 빠져나왔다.

"끄아아악!"

초지명은 비명을 뚫고 앞으로 달렸다. 그것을 시작으로 마교도들도 뛰었다.

차아아아아앙!

어둠을 살라 먹고 칼과 칼이 부딪치는 곳에서 불똥이 일었다. 각자가 밟고 있는 대지가 움푹움푹 패였다.

슈가가악.

폭혈도의 붉은 환도가 앞을 막는 점창인을 베어 넘겼다. 그리고 그도 초지명에게 뒤지지 않겠다는 듯이 앞으로 움직였다.

쩡쩡쩡, 쩌어어엉.

쇳소리가 전열의 최전선에서 터져 나오며 길게 이어졌다. 그 짧은 순간 비명과 고함이 뒤엉켰다. 여기저기에서 피분수가 솟구쳤다. 격한 호흡에 하얀 입김이 피어올랐다.

적일성 장문인은 내공을 잔뜩 끌어 올린 상태에서 앞으로 나아가다가 눈가를 잘게 떨었다.

마교의 장수로 보이는 자.

거대한 청룡극을 휘두르는 저자는 분명 흑랑대를 이끄는 초지명이라는 인물일 것이다.

빙봉이 조심해야 할 최우선 순위로 꼽은 자.

과연이었다.

달려 나간 점창의 제자들 중 흑랑대주 앞으로 향한 이들이 순식간에 청룡극에 쓰러졌다. 마치 수수깡처럼 베어져 나갔다.

가슴이 아렸다.

얼마나 공을 들인 제자들인데 이리 허망하게 죽어 가다니.

동시에 끝 모를 분기가 치밀었다. 당장에 저 흑랑대주라는 자의 목을 베어 넘기고 싶은 마음이 굴뚝같았다.

그런데…… 그는 앞으로 향하던 걸음을 멈춰야 했다.

흑랑대주의 좌우에 붙어 있는 두 명의 사내. 그들의 실력도 엄청나다는 것을 적일성은 곧바로 간파했다.

붉은 환도를 쓰는 대머리와 창을 쓰는 인물의 일격이 펼쳐질 때마다 반드시 비명이 일었다.

느껴지는 기운, 짐작할 수 있는 힘, 깔끔한 검격, 번개 같은 속도가 예사롭지 않았다.

즉, 흑랑대주와 좌우의 둘까지 절정 고수란 말이었다. 그 세 명의 절정 고수가 지금 자신을 향해 제자들을 베며 다가들었다. 보통 그런 고수들이라면 전열의 선두에 고루 배치하는 것이 정석이었다.

"아!"

적일성은 자신도 모르게 탄식을 뱉었다. 마교의 노림수를 깨달았다.

저들은 전투 초반에 자신을 제거하려는 것이다. 그리고 그런 적일성의 뒤늦은 깨달음은 사실이었다.

천마검은 흑랑대주와 폭혈도 그리고 귀혼창에게 단단히 주의를 주었다.

셋이 힘을 응집해 점창 장문인을 최대한 빨리 죽이라고.

흑귀도 마신랑과 냉절, 혈절 장로들에게 힘을 합쳐 아미파의 보현 장문인을 죽이라고 했던 명을 상기시켰다.

당시 그 세 장로들은 현장에서 마교의 절정 고수가 그럴 수는 없다며 자존심을 내세웠고 결국은 전장의 이슬로 사라졌다.

천마검은 흑랑대주와 폭혈도, 귀혼창에게 강조했다.

아무리 파훼법을 연구했어도 점창이 오랜 시간 흘린 땀을 무시할 수는 없다. 초반에 승기를 잡지 못하면 시간이 흐를수록 점창은 저력을 드러낼 터! 반대로 아군은 체력이 급격히 떨어지게 될 것이다.

그리되면 어려운 싸움이 되고 많은 수하들을 잃게 될 것이 자명했다.

그러니 점창이 웅비할 기회를 주지 마라! 날개를 활짝 펴기 전에 꺾어라! 그들이 흘린 땀방울이 실전에서 빛을 발하기 전에 틀어막아라!

그 방법은 하나.

점창의 구심점이자 그들의 우상인 점창 장문인을 최대한 빨리 죽여라. 그리되면 점창인들은 동요하고 사기가 급전직하할 것이다.

그 순간 단기간에 집중적으로 익힌 사일검법의 파훼법이 상대의 오랜 수련을 넘어설 것이다. 그 짧은 틈에 승부를 결정지어야 한다.

째애애앵. 쩡쩡쩡, 쩡쩡!

사방에서 쇳소리가 터졌다. 마교의 최정예를 상대로 점창의 선두에 있는 고수들과 일대, 이대 제자들은 나름 호기롭게 버텼다.

천랑대는 사일검법의 약점을 노렸지만 점창인들은 곳곳에 배치된 장로들을 비롯한 선배들의 지시에 따라 침착하게 맞섰다.

기실 많은 무림인들은 점창인들이 실전이 부족하다고 생각했다. 그러나 결코 그렇지 않았다.

적일성 장문인은 주변의 산적이나 마적, 비적들을 소탕하는 일에 제자들을 데리고 종종 나섰다. 또한 팔다리가 끊어질 수도 있는, 마치 실전을 방불케 하는 지독한 수련도 망설이지 않았다.

그 긴 시간의 노력이 마교 최강의 부대인 천랑대에 맞서면서도 전혀 밀리지 않는 모습으로 드러난 것이다.

그에 점창의 장로들이나 선배들은 주먹을 불끈 쥐었다.

점창은 강하다!

우리가 지난 시간 흘린 땀은, 그 노력은 결국 배신하지 않았다.

물론 여기에는 마교가 지나친 강행군으로 체력과 내공을 적지 않게 소진한 부분도 작용했다.

그러나 싸움이 시작된 상황에서 그런 것을 일일이 따질 이유는 없다. 지금 눈앞에서 드러나는 결과가 중요할 뿐이다.

점창의 제자들은 할 수 있다는, 정말 이길 것이라는 자신감을 갖기 시작했다.

초반부터 격렬한 싸움이었지만 적어도 점창인들은 침착하게 마교의 최정예와 당당하게 맞섰다.

그러나 그들은 눈앞에서 떨어지는 칼을 쳐 내느라 정신이 없었기에 정작 장문인은 살피지 못했다.

그리고 그건 당연한 것이었다.

누가 뭐래도 점창의 장문인은 최고수이며 거인이었으니까. 그들은 분명 장문인이 지금 종횡무진 활약을 펼치고 있을 것이라 믿어 의심치 않았다.

장문인이 자신들을 염려하면 했지 자신들이 장문인을 걱정한다는 것 자체가 어불성설이었다.

많은 점창인들의 입가에 자신도 모르게 희미한 미소가 어리기 시작했다. 어떤 이들은 감격에 차 있기도 했다.

한다! 할 수 있다!

청춘을 불사른 그 치열했던 노력들이 헛것은 아니었다는 만족감과 앞으로 무림에서 점창을 깔보던 이들에게 어깨를 필 생각을 하니 가슴이 벅차올랐다.

그 순간 수많은 고함과 비명 그리고 쇳소리를 뚫고 한 줄기 외침이 허공을 두드렸다.

"장문인께서 위험하십니다!"

적일성 장문인의 뒤편에 있던 점창의 젊은 일대 제자,

고박(高迫)이 내지른 고함이었다.

자신의 우상이, 희망이, 버팀목이 사라질지도 모른다는 생각에 있는 힘껏 외친 비명이었다.

그 순간, 단단해 보였던 점창의 전선에 균열이 생겼다. 그리고 천랑대는 그 틈을 놓칠 자들이 아니었다.

고박이 소리를 지르기 반 각 전.

퍼어어엉.

"크윽."

적일성은 신음을 참으려 했지만 결국 잇새로 뱉고 말았다. 그만큼 흑랑대주란 자가 휘두른 청룡극의 위력은 상상 이상이었다.

차라라락.

적일성은 급히 왼발을 꺾으며 밀려나는 신형을 곧추세웠다. 그 순간 폭혈도의 붉은 환도가 옆구리로 파고들었다.

쩌어엉, 쩡쩡쩡.

그야말로 찰나라고 할 수 있는 짧은 순간에 네 번의 불똥이 튀었다. 그리고 이십여 개의 창영이 적일성의 머리 위에서 떨어져 내렸다.

적일성은 살짝 등을 뒤로 눕히며 검을 휘둘렀다.

파라라라라.

그의 검이 눈에 보이지도 않는 속도로 맹렬히 움직였다.

퍼퍼퍼어어엉.

수십여 개의 창영이 모조리 깨져 나갔다. 하지만 적일성 장문인에게 숨 돌릴 틈은 주어지지 않았다. 다시 흑랑대주의 청룡극이 허리를 쓸어 왔다.

"비겁한 마교 놈들! 이것이 너희 마교의 무사도란 말이냐?"

숨 쉴 시간도 없지만 적일성은 청룡극을 향해 검을 뻗으며 외쳤다.

쾌아앙!

쇠와 쇠가 부딪쳤는데 폭음이 일었다. 초지명이나 적일성이 얼마나 무기에 공력을 가득 담았는지 알 수 있는 대목이었다.

적일성 근처의 후위나 좌우에 있는 점창인들은 진심으로 장문인을 돕고 싶었다.

그러나 그럴 수가 없었다. 네 명의 절정 고수가 뿜어내는 기세를 감당하기 어려웠을뿐더러 천랑대원들이 그 주변을 이미 선점해 막고 있었던 것이다.

즉, 마교도들은 이미 장문인을 고립시키기 위해 처음부터 작정하고 나섰다는 의미였다. 뒤늦게 그것을 안 점창인들이 파고들 여지를 둘 만큼 천랑대는 호락호락하지 않았다.

폭혈도가 환도를 휘두르며 대꾸했다.

"크허허허. 너희 정파 놈들은 여럿이 떼를 지어 본교의 무사를 상대할 때가 아주 많았던 것 같은데?"

쩡쩡쩡.

적일성은 손목이 욱신거렸다. 저 대머리의 공력이나 힘도 결코 흑랑대주보다 밑이라 할 수 없을 만큼 지독했다.

슈슈슈슈슈욱.

창이 섬전처럼 적일성의 틈을 노리고 파고들었다. 이자의 창은 앞선 두 인물보다 내공이나 힘은 약했지만 날카로움 만큼은 소름이 돋을 정도였다.

파파파팟.

청룡극, 붉은 환도 그리고 장창에서 뿜어져 나오는 기운이 적일성의 옷을 스치며 찢어 댔고 그 아래로 붉은 혈선이 계속해서 생겨났다.

저 셋과 충돌한 지 채 반 각도 되지 않았다. 그러나 적일성은 이미 온몸이 땀으로 흠뻑 젖었다. 동시에 곳곳에 생긴 혈선에서 흐르는 핏물이 사방으로 번졌다.

호신지기를 펼칠까라는 생각이 얼핏 들었으나 그건 내공의 낭비라는 판단이 들었다.

반격?

꿈조차 꿀 수 없었다. 그럴 틈조차 주지 않고 맹렬하게 몰아붙이는 놈들에게 치가 떨렸다.

초지명의 청룡극이 다시 허공을 갈랐다.

쩌엉!

적일성은 뒤로 다섯 걸음을 주르륵 밀려났다. 그런 그를 초지명이 곧바로 따라오며 외쳤다.

"비겁하다고 생각할 수도 있겠지. 하지만 이건 전쟁이다. 장문인. 저잣거리에서 시비가 붙은 애들 장난이 아니란 말이야."

"아무리 그래도 이건……."

그의 말은 이어지는 초지명의 말에 끊겼다.

"내 자존심을 굽혀 수하를 한 명이라도 더 살릴 수 있다면 그깟 자존심쯤이야 만 번이라도 꺾는다!"

"……!"

"당신을 빨리 죽여야겠다."

쇄애애액!

쩌엉!

적일성은 끊임없이 자신을 강타하는 공격을 막아 내면서 입술을 깨물었다.

이렇게 속수무책 밀릴 수만은 없었다. 더 이상 밀리면 자신이 있는 근방의 전선이 붕괴될 것이다. 또한 자신도 이런 상태로는 승산이 희박했다.

사일검법의 공세(攻勢)는 꺼내지도 못하고 수세(守勢)만 펼치다가 싸움을 끝낼 생각은 결코 없었다. 그렇다면 방법은 하나였다.

살을 내어 주고 뼈를 깎는다!

적일성의 눈에 강렬한 기광이 일었다. 그는 여차하면 왼손을 줄 각오를 했다. 대신 반드시 한 명 이상의 목숨을 취한다!

그때 그의 뒤에서 절박한 소리가 터졌다.

"장문인께서 위험하십니다!"

4

적일성은 그야말로 눈을 질끈 감고 싶어졌다.

적이나 자신들이나 아무도 예상하지 못했던 변수가 튀어나와 버린 것이다.

일대 제자 중 고박이라는 녀석의 외침이었다. 다른 제자들은 자신을 존경하면서도 두려워했는데 놈은 달랐다. 어렸을 때부터 자신을 졸졸 따르던 녀석.

아무리 엄한 표정을 지어도 '사부님, 사부님.'을 입에 달고 다니던 놈이다. 사부님이란 말을 한 번만 하라고 해도 꼭 두 번씩 하던 녀석.

그는 자신이 장문인을 도울 수 없다는 것을 깨닫고 구원을 요청한 것이었다.

"아!"

적일성의 잇새로 부지불식간에 탄식이 흘렀다.

고박은 스스로 할 수 있는 최선의 선택을 한 것일 터다. 그러나 그것은 결국 최악의 결과를 초래할 것이다.

수없이 땀을 흘리며 실전처럼 행했던 수련들.

그 수련 어디에도 점창 장문인이 위기에 빠지는 것은 없었다. 왜냐하면 장문인은 구해 주는 사람이었으니까.

점창의 최고수, 그것도 압도적인 분이었으니까.

간혹 그런 의견이 나온 적은 있었다. 하지만 적일성은 그때마다 웃으며 넘겼다.

"내가 너희들의 도움을? 허허허. 이 녀석들아. 너희들이 내 도움을 받지 않을 정도로 강해지는 것이 날 돕는 것이다. 한심한 녀석들 같으니라고!"

그렇게 싸늘히 말했었다. 하지만 자신을 생각하는 제자들의 마음씀씀이가 좋아서 잠들 때는 혼자 히죽히죽 웃기도 했다.

그런데 말이 씨가 된다더니 정말 이런 일이 생길 줄이야.

쩡쩡쩡!

세 명의 절정 고수들은 적일성의 심적 동요가 일으킨 틈을 놓칠 만큼 어수룩하지 않았고 더욱 지독하게 몰아붙였다.

그렇기에 적일성은 자신이 노린 한 번의 기회도 물 건너갔음을 깨달았다.

"으아아악!"

"장문인께서 어디 계시느냐? 어디? 아아악!"

장문인을 돕기 위해서 싸우던 전선에서 이탈하는 제자들이 있었다. 그중에는 장로의 목소리도 있는 것 같았다.

적일성은 자신이 건재하다는 것을 알리고 싶었다. 각자가 맡은 자리를 지키는 것이 최선이라고 말하고 싶었다.

그러나 상대는 집요했다. 그런 말을 할 틈을 주지 않겠다는 듯이 작정을 하고 연격을 퍼부었다.

코끝이 시큰하고 눈가가 아련했다.

주변을 돌아볼 여유 따위는 없었다. 그러나 적일성은 알았다.

점창이 지금 무너지고 있음을.

막내 장로인 고산추가 그리 멀지 않은 곳에서 내공을 담아 외치는 소리가 들렸다.

"장문인을 믿어라! 자신의 자리를 사수하라!"

그의 고함은 허공을 쩌렁쩌렁 울렸다.

적일성은 다행이라고 생각했다. 늘 심약한 소리만 해
대는 놈이라 구박만 했는데…….

하지만 전투라는 건 다른 어떤 것보다 흐름이 가장 중
요했다. 이미 전선의 곳곳이 뚫리며 허물어졌고, 그곳으
로 마교도들이 파고들 것이리라.

또한 힘들게 자리를 사수하고 있는 점창인들도 마음 한
구석에 불안이 요동을 치고 있을 터였다.

이래서야 제대로 된 싸움을 할 수가 없다. 집중하지 않
으면 어떤 것도 이룰 수 없는 법이다.

그리고 그건…… 적일성 장문인도 마찬가지였다.

쇄애애액! 푸욱!

"으으음."

적일성은 고통 어린 신음을 삼키며 뒤로 물러났다. 옆
구리를 깊게 찔렸다.

장창에 당한 것이다.

순간 적일성의 눈이 빛났다. 세 절정 고수 중 한 명의
허점이 눈에 들어왔다.

절정 고수의 허점이란 것은 나타나는 순간 곧 사라진
다. 그걸 아는 적일성은 지금의 위기가 판세를 조금이나
마 되돌릴 수 있는, 단 한 번 주어진 기회란 것을 본능적

으로 알았다.

착, 차라라락.

발꿈치로 땅을 찍었다. 천근추의 힘으로 대지를 눌렀다가 살짝 도약하며 몸을 빙글 돌렸다.

사일검법.

공세편(攻勢編) 최종장, 후예사일(后羿射日).

신화에 따르면, 요 임금 시절 태양이 열 개나 떠올라 땅이 불지옥이 되자 하늘의 황제가 명궁 후예(后羿)를 내려보냈다. 후예는 지상의 참상에 분노해 아홉 개의 태양을 활로 쏘아 떨어트렸다.

후예사일은 사일검법 중 가장 강력한 초식으로 완벽하게 펼칠 수 있는 사람은 장문인 한 명밖에 없었다.

적일성은 마지막 승부수를 띄운 것이다. 왜냐하면 아무리 그라도 후예사일은 세 번 이상 펼칠 수는 없었다. 워낙에 내공을 많이 필요로 하기 때문이었다. 그러나 적일성은 오로지 이것만이 유일한 희망이라 믿었다.

마교 절정 고수 중 한 명이라도 반드시 제거해야 했다. 그러지 못하면 실낱같은 희망마저도 사라질 것이기에.

귀혼창의 눈동자가 흔들렸다.

창을 장문인의 옆구리에 꽂아 넣었다 빼고는 회심의 미소를 지었고 찰나 방심했다.

오른손에 흥건한 땀을 잠깐 옷에 닦기 위해, 창과 함께 자신의 상의에 문질렀다. 물론 평소에는 결코 하지 않았을 방심이었다. 그러나 상대에 꽤 깊은 부상을 입혔고 곁에는 든든한 절정 고수가 둘이나 있었다.

그것이 그를 아주 잠깐 여유롭게 만들었다.

그 순간 거대한 압력이 그의 전신을 짓눌렀다.

하나!

단 하나의 검영이 그를 덮쳐 왔다.

귀혼창의 눈이 찢어질 듯이 커졌다. 아니, 이건 검영이 아니었다. 검기도 아니다. 그보다 위인 검사(劍絲)였다.

검사!

그것에 닿으면 실제 검처럼 살과 뼈를 베어 버린다!

"초절정의 입문……."

그랬다.

촌구석에 박혀 있던 점창 장문인은 초절정 고수에 들어서고 있는 어마어마한 고수였다. 이 사람은 정파무림의 십대고수에 속해야 하는 인물이었던 것이다!

검사인 것을 간파한 초지명과 폭혈도도 대경했다. 그러나 그들은 절정 고수였다. 특히나 초지명은 검사를 펼치는 수준까지는 다다르지 못했지만 거의 근접한 인물이었다.

폭혈도가 가장 빠르게 반응했다. 그는 동료의 위험에

본능적으로 환도를 내질렀다.

쾌아아앙!

폭음이 일며 폭혈도가 뒤로 주르륵 밀려났다. 그가 들고 있는 환도가 부르르 진동했다.

"내가…… 밀렸어? 진검이 아니라 검사에?"

폭혈도는 불신의 표정을 지었다. 하지만 지금 적일성이 얼마나 많은 내공을 찰나에 동원하는지 안다면 그리 억울하지도 않을 것이었다.

한편 귀혼창은 이를 악물며 창을 휘둘렀다. 그러나 그도 이것이 큰 의미가 없다는 것을 알고 있었다. 급하게 고쳐 잡은 장창의 창대가 내려오는 시간에 검사는 그 안으로 파고들 것이기에. 창은 거리를 두어야 유리한 병장기였다.

그때 초지명이 몸을 앞으로 날리며 구 척의 청룡극을 휘둘렀다.

평소에 '부우웅' 내던 소리조차 없었다.

초지명은 청룡극을 휘두르며 깨달았다. 자신이 평생 휘둘러 온 청룡극의 속도 중 가장 빠르다는 것을.

무적검 한추광과의 혈투 이후, 초지명은 자신의 무공에 회의를 느꼈다. 무적검은 충분히 제압할 수 있다고 생각하고 있던 것이다.

그는 한추광이 자신에게 했던 말을 기억했다. 턱짓에

따라 공격 방향을 알 수 있다는.

그래서 초지명은 그 버릇을 고치려고 청룡극을 휘둘렀다.

결과는?

오히려 엉망이 되었다. 평생 몸에 밴 습관을 고친다는 것이 그리 쉽겠는가!

결국 그는 선택의 기로에 섰다.

어떻게 해서든 버릇을 고칠 것인가? 아니면 상대가 턱을 보고 반응하는 속도보다 더 빨리 청룡극을 휘두를 것인가?

초지명의 선택은 후자였다.

버릇을 고친다면 그것뿐이다. 하지만 청룡극을 더 빨리 휘두를 수 있다면 그건 곧 무위의 상승을 뜻한다.

당연히 초지명은 더 빠른 청룡극을 위해 틈틈이 수련했다. 몽추나 파륵이 거기서 어떻게 더 빨라질 수가 있냐고 빈정대면서 차라리 부상이 완전히 나을 때까지는 쉬라고 잔소리를 해 댔다.

그러나 초지명은 묵묵히 청룡극을 휘둘렀다.

어차피 하루이틀 예상하고 시작한 일이 아니었다. 몇 년이라도 상관없었다.

다시 무적검을 만났을 때 조금이라도 더 빨라져 있다면 그것으로 족하다고 생각했으니까.

그런데 곁의 동료가, 그것도 자신의 생명을 몇 번이나 구해 준 천마검이 아끼는 장수가 죽을 수 있다고 생각한 순간 전신의 근육이 자동적으로 응축했다.

그 응축되었던 근육의 힘이 내공과 어울려 폭발을 일으켰다. 그리고 청룡극은 자신이 펼치고도 믿을 수 없을 정도의 쾌(快)를 보였다.

흑랑대주 초지명.

그가 마침내 초절정의 문턱에 들어서는 순간이었다.

"커흑."

적일성의 잇새로 억눌린 비명이 새어 나왔다. 그는 어깨에 이는 화끈한 고통에 치를 떨면서 뒤로 훌쩍 물러났다.

그리고 허공에 떠 있는 자신의 팔을 보았다.

오른팔.

그 손에는 여전히 검이 꽉 쥐여 있었다. 그 팔은 적일성의 발 앞으로 툭하니 떨어졌다. 어깨에서 쏟아지는 피가 떨어진 팔과 검 위로 후드득 떨어졌다.

흑랑대주 초지명은 금방 자신이 펼친 것을 잊지 않기 위해 제 손을 내려다보다가 한숨을 돌리며 말했다.

"점창 장문인, 대단했다."

폭혈도와 귀혼창은 어안이 벙벙한 얼굴로 초지명을 보았다.

정말 대단한 것은 당신이지 않느냐는 말을 하고 싶었다. 그러나 지금은 한창 교전 중이었다.

폭혈도가 고함을 질렀다.

"점창 장문인의 오른팔을 베었다아아아!"

"와아아아아!"

마교도에게서 거대한 함성이 일었다. 반면 점창인들의 얼굴은 흙빛이 되었다.

한편…… 점창의 일대 제자 고박은 자신이 고함을 지른 후에 급변하는 전황을 보고, 얼마나 커다란 실수를 저질렀는지 깨달았다.

자신의 말 한마디가 사부님과 사형, 사제 그리고 동료들을 죽음으로 몰고 가는 상황에 얼어붙었다.

팽팽하던 전선이 급격하게 밀리기 시작하더니 여기저기에서 붕괴됐고, 사부님은 옆구리에 부상까지 당했다.

몸이 덜덜 떨렸다.

자신은…… 사부님이 걱정되어서 그런 것뿐인데.

돕고 싶어도 그럴 능력이 되지 못해서, 조금이라도 여력이 있는 어르신들이 와서 사부님을 도와주길 바란 것뿐인데.

귀에 윙하는 이명이 생겨났다.

자신이 한 그 작은 실수가 얼마나 터무니없는 재앙이었는지를 보면서 그는 덜덜 떨었다.

그때 사부님의 팔이 허공으로 붕 떴다. 그 순간 고박은 자신의 심장이 멎는 듯했다. 세상이 빙글빙글 도는 듯한 현기증이 일었다.

그리고 왈칵 눈물이 쏟아졌다. 울 염치도 없었지만 쏟아지는 눈물을 막을 수가 없었다.

자신은 죽음으로도 갚지 못할 엄청난 죄를 지은 것이다. 이건…… 결코 용서받을 수 없는 죄였다.

"크흐흐흑."

악문 잇새로 울음이 비집고 나왔다. 자신을 갈가리 찢어서 시간을 돌릴 수만 있다면…… 자신이 지옥의 불구덩이에 빠지는 대가로 시간을 거스를 수 있다면.

그는 앞으로 걸었다. 그는 자신이 지금 뭘 하고 있는지도 모른 채, 걸어서 장문인의 옆에 섰다.

폭혈도가 마무리를 하려고 붉은 환도를 들고 달려 나가려는 순간 초지명이 팔을 뻗어 저지했다.

"잠깐만."

폭혈도의 이맛살이 찌푸려졌다.

"저는 공을 탐하는 게 아닙니다."

"잠깐이면 되네."

폭혈도는 입술을 깨물었지만 고개를 끄덕였다. 싸움의 주도권은 완전히 넘어왔다. 약간의 시간쯤이야 큰 문제가 될 것이 아니라 여겼다.

고박은 눈물을 뚝뚝 흘리며 적일성의 앞에 무릎을 꿇었다.

"사부님…… 흑흑."

망연자실한 표정으로 서 있던 적일성은 어깨나 옆구리에 지혈도 하지 않은 채 말없이 고박을 내려다보았다.

"사부님…… 저를…… 죽여 주십시오."

"……"

"우둔한 제자가 씻을 수…… 없는 죄를…… 흑흑. 지었습니다, 사부님."

울먹이며 말하는 고박을 보며 적일성은 희미한 미소를 지었다.

"이제야 네가 나를 두 번씩 부르지 않는구나. 허허허."

"사부니이임. 자, 잘못했습니다. 제, 제가…… 너무 큰 죄를…… 흑흑."

적일성은 허리를 살짝 굽혀 고박의 머리를 쓰다듬었다. 이 녀석은 무공의 재능에 비해 너무 여렸다. 그것이 늘 마음 쓰였는데…….

"괜찮다. 네 탓이 아니야."

"사부님. 흑흑, 사부님. 제, 제가 뭔 짓을 저지른 건지……. 제, 제가 그러려고…… 그런 게 아닌데, 이렇게 될 줄 모르고. 흑흑흑."

적일성은 고박의 어깨를 잡고 뜨겁게 잡았다가 놓았다.

"네 탓이 아니야. 어쩔 수가 없었던 게다."

"죽여 주세요. 제발. 제발…… 흑흑, 제발."

"네 탓이 아니래두. 허허허, 괜찮아."

적일성은 고개를 더 숙여 자신의 잘린 손이 쥐고 있는 검을 빼냈다.

칼을 왼손에 쥔 적일성은 초지명을 바라보며 말했다.

"훌륭한 한 수였다. 빠름과 무거움이 완벽하게 극성에 오른."

초지명은 입술을 꾹 깨물었다가 말했다.

"장문인이 옆구리에 부상을 입지 않았더라면, 내 동료인 폭혈도가 장문인의 공세를 약화시키지 않았더라면 나는 당신을 막지 못했을 것이오."

적일성은 쓴 미소를 짓고 말했다.

"그대에게 아까 비겁하다고 했던 말을 사과하고 싶군. 그대는 비겁하지 않았다. 전술이 그런 것뿐이지. 이건 그대 말대로…… 전쟁이니까. 나는…… 너무 현장에서 오래 떨어져 있었어."

초지명은 침묵하며 적일성을 보았다. 적일성이 말했다.

"내 목과 더불어 앞으로 본파는 십 년간 봉문하지."

"……."

"남은 아이들을 살려 줄 수 있겠나?"

폭혈도가 칼을 들고 나서려는 순간 귀혼창이 그의 팔을 잡고 뒤로 끌었다. 폭혈도가 성난 목소리로 '왜? 설마 저 말도 안 되는 제안을 받자는 거야? 빨리 죽이고 끝내자고!' 라고 말하자 귀혼창이 푸석한 어조로 대꾸했다.

"사천의 작은 거인이야. 이제는 대우를 해 줘도 되지 않을까?"

"그게······."

"우리 대주님이었다면······."

"아니, 내 생각은 달라. 우린 사천에서 망신을 당했어. 그러니 우리의 힘을 보여 줘야 해. 대주님께서 우리를 보낼 때 한 말 잊었어? 간담이 서늘해질 공포를 정파인들의 뇌리에 각인시키라고 한 말."

귀혼창은 입술을 깨물다가 한숨을 흘렸다.

"모르겠군. 좋아, 흑랑대주에게 맡기자."

"왜?"

"우리의 지휘권을 대주님께서 흑랑대주에게 맡겼으니까."

"······."

"그리고 흑랑대주는 그럴 자격이 있으니까."

그 말에 폭혈도는 입술을 깨물고 입맛을 다시다가 퉁명

스럽게 말했다.

"흑랑대주께서 결정하십시오."

"……."

"내 개인적인 생각을 묻는다면 전멸시키는 것입니다."

지혈하지 않아서 계속해서 피가 흐르는 적일성은 안색이 창백했다. 그의 몸은 자신의 피로 절반 가까이가 붉었다.

적일성은 초지명을 보며 쓴 미소를 지었다. 그리고 서서히 몸을 내렸다.

털썩.

사천의 작은 거인이 초지명 앞에서 무릎을 꿇었다.

고박이 그리고 후위에 있던 점창인들이 통곡했다. 그들이 오열하며 '장문인!'을 외쳤다.

적일성은 무릎을 꿇고 고개를 숙였다.

"부탁 드리오. 천마신교의 흑랑대주."

초지명은 신음을 삼켰다.

지금 적일성의 모습에 자신의 모습이 겹쳐졌다. 수하들을 살리기 위해 무림서생에게 무릎을 꿇던 장면이.

초지명은 입술을 파르르 떨다가 주먹을 불끈 쥐었다. 그의 입에서 내력을 담은 고함이 터졌다.

"싸움을 중지하라!"

허공이 우르릉 거렸다. 그리고 거짓말처럼 사방에서 터

져 나오던 고함과 비명, 쇳소리들이 뚝 끊겼다.

그리고 모두가 보았다.

적일성 장문인이 한 팔이 잘린 채 무릎을 꿇고 있는 모습을. 그 광경에 아직 살아 있는, 절반 가까운 점창인들이 털썩털썩 주저앉았다.

그리고 그들도 통곡했다. 소리를 내지 않은 오열이었다. 굵은 눈물만 뚝뚝 흘렸다.

묘한 분위기에 함성을 지르려던 마교도들은 어깨를 으쓱거리고 쓴 미소를 지었다. 하지만 그들의 눈과 얼굴엔 승리자 특유의 기쁨과 자신만만함이 역력하게 드러났다.

초지명은 짧은 한숨을 뱉어 내고 말했다.

"이십 년이오."

제39장
안녕,
내 그리울 사람아 —

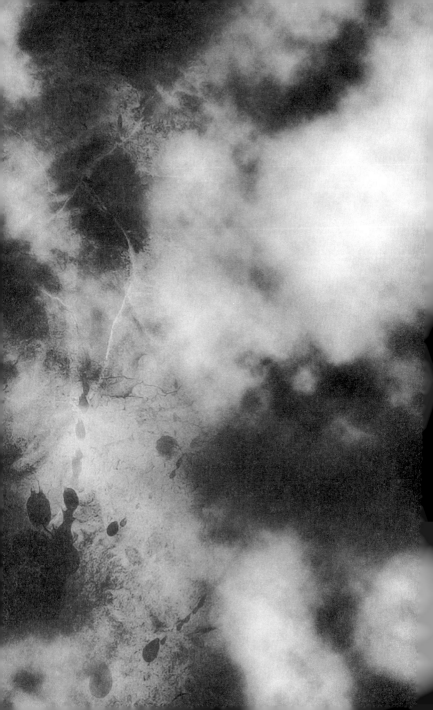

1

열 개도 넘는 촛불이 곳곳에 켜져 있어서 막사 안은 마치 낮처럼 환했다. 산수화가 그려진 병풍이 있었고, 천장에는 형형색색의 휘장이 걸려 있었다.

수라마녀는 막사를 훑고는 한심하다는 어조로 말했다.

"이게 전장에 나온 장수의 막사라니. 기가 막혀 말이 안 나올 지경이군요, 소교주."

방금 자신의 막사로 돌아온 뇌악천은 원탁에 있는 풍성한 음식을 가리키며 말했다.

"아까 천마검의 막사 밖에서 엿듣고 있었던 거 알아.

그러니 너도 이게 나와의 마지막 만찬일 수 있다는 걸 알 거야."

"……."

"기분 좋게 한잔하고 싶은데."

수라마녀는 표독한 눈으로 뇌악천을 쏘아보며 대꾸했다.

"제가 곧 전장에 나갈 장수란 걸 잊은 건가요?"

뇌악천은 자리에 앉으며 키득거렸다.

"크크큭, 무림서생이 무서운 놈인 건 나도 알아. 하지만 이빨과 발톱이 다 빠진 놈이야. 그냥 가서 잡아 오면 되는 싱거운 싸움이 될 것이 빤한데 뭘 그리 예민하게 굴지? 아니면 나중에 쓸 만한 자객을 보내 암살해 버려도 괜찮을 테고."

수라마녀는 속으로 웃었다. 천마검은 무림서생을 죽이려는 것이 아니라 자신의 사람으로 만들려는 것이다. 그러나 굳이 그것을 소교주에게 말할 필요성을 느끼지 않았다.

"우리 대주님이나 저는 그렇게 생각하지 않아요. 그자는 분명 무서운 함정을 파고 기다리고 있을 것이 분명해요. 그리고 그 주변에는 상당한 호위가 있다는 것쯤은 예상할 수 있지 않나요?"

뇌악천이 혀를 끌끌 차며 고개를 저었다.

"제아무리 뛰어난 책사라고 해 봐야 스스로 힘을 갖추지 못하면 결국 한계에 부딪칠 수밖에 없다. 무림은 결국 힘이 지배하는 곳이니까. 그대도 알잖아. 머리 좀 굴린다는 책사들이 얼마나 많이 자객들에게 목숨을 잃었는지."

"……."

"왜 제갈세가의 책사들이 무림맹에서 계속 중용되는지 알아? 그건 그들이 강력한 무공 실력도 갖추었기 때문이지. 기껏 군사로 초빙했는데 암살 따위에 죽어 버리면 업무가 끊겨서 참 곤란해지니까."

"흠, 그건 일리가 있는 말이군요."

"무림에서 책사란 그런 존재다. 아무리 호위가 대단해도 늘 같이 자고 같이 닦고 같이 측간에 갈 수는 없는 거야. 그런 의미에서 무림서생은 머지않아 변사체로 발견될 확률이 지극히 높은 놈이지. 그렇게까지 신경 쓰지 않아도 된다는 말이야."

"흥! 그렇게 별것도 아닌 무림서생에게 철저히 당한 소교주께서 할 말은 아닌 것 같군요."

그 순간 뇌악천의 신형에서 뭉클하니 살기가 흘러나왔다.

"참는 것도 한계가 있는 거다. 수라마녀. 호의를 베풀

때 받아들이는 법을 너는 더 배워야 해."

수라마녀는 옆구리에 찬 채찍을 슬쩍 훑으며 차갑게 대꾸했다.

"호의? 제 멋대로 나를 이 새벽에 불러내는 게 호의입니까? 참고 있는 건 당신이 아니라 납니다. 십 년 만에 그것도 새벽에 불러내 협박을 한 당신을 나는 지금 죽이고 싶단 말입니다. 한심해도 정도가 있지. 여자의 과거를 폭로하겠다는 그따위 치졸한 협박 따위나 하는 사내가 본교의 소교주라는 사실이 얼마나 부끄러운지 압니까?"

수라마녀의 말에서 스스로를 말하는 호칭이 '저'에서 '나'로 바뀌었다.

둘 사이에 질식할 것 같은 침묵이 내려앉았다. 그러나 그 정적은 오래가지 않았다.

뇌악천이 다리를 꼬며 피식 웃었다. 그리고 술병을 들어 자신의 잔과 맞은편에 놓인 잔에 술을 따랐다.

"그대는 날 죽일 수가 없잖아. 안 그래?"

"……"

"날 죽이면 그대가 그렇게 사모하는 천마검이 얼마나 안타까워하겠어? 내가 가지고 있던 권력을 몽땅 차지해서 좋아하고 있을 그가 소교주를 죽인 수하를 둔 죄인으로 몰릴 테니까. 크크큭."

뇌악천의 말에 수라마녀의 눈가가 파르르 떨렸다. 그녀는 채찍을 힘껏 움켜쥐었다가 놓고는 뇌악천의 맞은편에 앉았다. 그리고 단숨에 술잔을 비웠다.

뇌악천은 빙그레 웃으며 그녀의 잔에 다시 술을 채웠다.

"그대가 좋아하는 홍주(紅酒)지. 기억나나? 그대와 내가 뜨거웠던 젊은 시절 우리는 언제나 홍주를 마시며……."

"닥쳐! 이 개자식! 좋아! 우리 대주님께 가서 떠벌이고 싶으면 해! 대주님이라면 이해하고 날 계속 수하로 받아 줄 테니까."

수라마녀는 으르렁거리는 맹수처럼 뇌악천을 쏘아보며 말을 이었다. 그러나 뇌악천은 개의치 않고 말을 이었다.

"나는 그냥 아름다웠던 우리의 추억을 함께 회상하고 싶은 것뿐이니까 너무 앞서 나가지 말라고. 네가 아무리 부탁해도 나를 만나 주지 않으니까 이렇게까지 한 거야."

"아름답기는 개뿔!"

"그대는 예뻤고 나는 야심에 차 있었지. 그런데……."

갑자기 뇌악천의 눈빛이 서늘해졌다.

"그대는 왜 날 버리고 떠났지? 그것도 왜 하필 천마검의 수하로 들어갔지? 너는 천마검이 무공에만 특출 난 천

둥벌거숭이라고 했었잖아."

수라마녀는 다시 술잔을 비우고는 병을 들어 다시 잔을 채웠다.

"왜 내가 떠났냐고? 간단해. 나이를 먹어 가면서 가짜와 진짜를 구분할 수 있게 된 거지."

"……."

"더 자세히 말해 줄까? 당신의 강자에 비굴하고 약자에 강한, 아니, 잔인한 모습이 역겨웠어. 당신이 남의 탓만 하는 것이 한심했어. 그리고 무엇보다 제 안위와 야욕을 위해 수하들의 목숨을 파리 목숨처럼 여기는 것이 치가 떨렸어. 이제 답이 됐어?"

뇌악천의 이마에 힘줄이 꿈틀거리며 도드라졌다. 그는 수라마녀를 노려보다가 피식 웃었다.

"그래, 까불 수 있을 때 까불어라. 곧 네가 내 앞에 엎드려 발을 핥게 만들어 주마."

수라마녀는 자리에서 일어나며 비웃었다.

"흥! 쫓겨나는 주제에 자존심은 살아 가지고. 결코 그런 일은 생기지 않아."

그녀가 막사 밖으로 나가자 뇌악천은 들고 있던 잔을 바닥으로 던져 버렸다. 그리고 입술을 질경질경 씹었다.

"감히 너 따위가 나를 버려? 버리는 건 주인이나 할 수 있는 거다, 수라마녀. 너나 천마검은 그 기본적인 것을 모르고 있단 말이지. 이래서 천한 것들은 안 되는 거다."

*   *   *

피비린내가 진동하는 대지 위에 모두가 편한 자세로 앉아 있었다.

휴식이었다.

어떤 이들은 누워 코까지 골고 있었다.

점창인들이 동료의 시신을 수습하고 떠난 지 반 시진이 넘었다.

초지명은 얼마 후면 일출이 시작되겠구나라는 생각을 하며 동녘 하늘을 올려다보고 있었다.

몽추와 파륵은 초지명의 안색이 심상치 않은 것에 구시렁대며 근처에서 아예 누워 있었다. 저게 무슨 승자의 얼굴이냐면서 말이다.

초지명의 옆으로 폭혈도가 다가와 털썩 앉았다.

"흑랑대주께서 저한테 서운한 건 아니죠?"

초지명이 빙그레 웃고 대꾸했다.

"서운하긴. 나야말로 미안하게 생각하네. 자네 말대로 점창인들을 모조리 죽이는 게 옳았으니까. 그래, 맞아. 나중에 우리가 다시 올 때를 생각해서 정파인들이 오싹해할 정도로 점창을 부셔야 했어."

폭혈도는 민머리를 쓱쓱 문지르며 의아한 표정으로 물었다.

"뭐랄까? 조금 바뀌신 것 같습니다."

"응?"

"우리와 함께 새외 지역을 휩쓸 때의 흑랑대주님이 아니신 것 같아서요."

"그런가?"

"예전 같았으면 적이 아무리 간청해도 살려 준 적 없잖습니까? 전쟁은 원래 이런 거라며 비웃고 베셨던 분이……."

"……."

"혹시 무림서생이란 놈에게 두 번이나 당해서 의기소침한 거라면……."

폭혈도의 말에 몽추와 파륵이 자리를 박차고 벌떡 일어났다.

"폭혈도! 말이 과하오!"

"지금 시비 거는 거냐?"

그때 귀혼창이 다가와 예의 푸석한 목소리로 말했다.

"몽추, 파륵. 자네들이 이해하라고. 폭혈도가 다혈질이고 할 말 못할 말 지껄이는 거 처음 보나? 그리고 폭혈도! 무림서생은 우리 대주님께서도 인정한 자야. 자네의 그런 말은 흑랑대뿐만 아니라 우리 대주님도 모욕하는 거라고."

몽추는 분이 안 풀린 듯 인상을 찌푸렸지만 고개를 돌리며 땅에 다시 드러누웠다. 그러나 파륵은 여전히 폭혈도를 쏘아보았다.

그러자 폭혈도가 웃음을 터트렸다.

"크허허허. 파륵. 미안하다고. 그런데 자네 나한테 빌려 간 은자 이십 냥은 언제 갚을 건가?"

그 말에 파륵의 눈동자가 흔들렸다.

"그, 그게 무슨 말이야?"

"삼 년 전, 너희 대막에서 작전 나갈 때……."

파륵이 어이없다는 듯이 입을 벌렸다가 미간을 구겼다.

"쪼잔한 녀석! 그걸 아직도 기억하고 있냐?"

"떼먹는 도둑놈보다는 낫지."

"뭐? 도둑놈?"

"가만있자…… 이자를 받아야 하나? 삼 년이면……."

"알았어. 갚아, 갚는다고!"

파륵은 기가 질린 얼굴로 폭혈도를 보다가 몽추 옆에 누워 버렸다.

그때 초지명이 말했다.

"점창 장문인은 진짜 무인이었다. 뭐랄까? 그리 허망하게 가기엔 아깝다고 해야 하나?"

그의 말에 몽추와 파륵뿐만 아니라 폭혈도와 귀혼창도 초지명을 보았다.

"중원 무림의 권력 다툼에 빠진, 쓰레기 같은 정파인들이 아니라 보기 드문 진짜 무사였어. 그건 어쩌면…… 권력이나 세력 다툼에서 벗어나 후학 양성에만 힘을 썼기 때문일지도 모르겠군."

"……."

"자네들도 느끼지 않았나? 그 작은 거인의 어마어마한 힘을."

그의 말에 폭혈도와 귀혼창이 살짝 눈가를 찡그렸다. 부인하고 싶었지만 초지명의 말은 사실이었다.

자신들 셋의 연격을 모조리 막아 냈다.

그때 그들을 사로잡은 건 호승심과 더불어 두려움이었다. 셋 중에 한 명만 빠져도 위험한 일이 벌어질 수 있다는 불길한 예감.

그래서 자신들은 더 가열 차게 작은 거인을 몰아붙였다. 말할 틈조차 주지 않으려고 노력했다. 공격을 시전조차 못하게 하려고 애썼다.

만약 고박이라는 애송이의 실수가 없었다면 점창 장문인은 그렇게 어이없이 옆구리를 내주지 않았을 것이리라.

　그리고 정말 어려운 싸움이 되었을 수도 있었다. 싸움이 길어졌다면 체력이 떨어진 자신들이 불리해질 수 있었으니까.

　폭혈도가 묘한 한숨을 흘리고 말했다.

　"세상은 넓구나 생각했습니다. 사천 땅. 그것도 구석에 콕 박혀 있는 점창에 저런 인물이 있을 줄이야. 괜히 구파일방의 장문인이 아니구나라는 생각이 들었죠. 그리고 점창의 제자들도 장난 아녔습니다. 그들이 우리가 겪은 실전을 일 년 정도만 경험했더라면……."

　폭혈도는 말꼬리를 흐렸다.

　굳이 상상하고 싶지 않았다. 양쪽의 태반이 죽는 결과가 나왔을 것이라는 생각이 자꾸만 뇌리를 맴돌았다.

　귀혼창이 고개를 끄덕였다.

　"그래서 우리 대주께서 셋이 합공을 하라고 그렇게 신신당부했나 봅니다."

　셋은 잠시 침묵했다. 초지명이 그 정적을 깼다.

　"우습게도 점창 장문인만 한 자가 정파 무림 십대고수에 들지 못한다는 게 난 오히려 안도가 되는군."

　폭혈도가 소리 없이 웃었다.

"맞습니다. 진짜 실력자는 그런 형식적인 서열에 연연하지 않는 법이죠."

그 말에 초지명이 고개를 갸웃거렸다.

"나는 그런 뜻으로 말한 게 아닌데."

"……?"

"내가 상대할 뛰어난 고수들이 아직 꽤 있다는 게 가슴 설렌다는 말이야."

"……."

"이번 사천행에선 내가 잘못한 부분이 많아서 천랑대주의 명을 충실하게 이행할 수밖에 없었어. 하지만 만약 흑랑대만의 단독 전투였다면…… 나는 점창 장문인과의 싸움을 아주 즐겼을 거야. 당연히 일대일로 말이지."

폭혈도와 귀혼창은 그 순간 깨달았다. 이 사람이 왜 전장의 창이라고 불리는지.

초지명이 자리에서 일어나 엉덩이를 툭툭 털고 외쳤다.

"휴식 끝이다."

폭혈도가 따라 일어나며 외쳤다.

"크허허허. 어서 손님 받자구."

동쪽에서 일단의 무리들이 달려오고 있었다.

독수 당철현, 낭왕 방야철을 비롯한 독고무영 등이 이끄는 지원군이었다.

파륵이 기지개를 켜며 초지명을 향해 말했다.

"대주님, 이번에도 싸우다가 대충 끝낼 수도 있습니까?"

초지명이 눈을 번뜩였다.

"아니, 저들은 이미 우리를 한 차례 모욕 준 자들. 빚을 갚아야지. 다 쓸어버린다."

폭혈도가 맞장구쳤다.

"저들이라도 모조리 죽여 본교의 무서움을 제대로 각인시켜야지. 크허허허."

낭왕 방야철은 전열을 갖추는 적을 보며 나직한 신음을 흘렸다.

"피비린내가 진동하는 것을 보니 벌써 싸움이 끝났나 봅니다."

그의 말에 당철현이 고개를 주억거리며 한숨을 흘렸다.

"졌군."

독고무영이 이마의 땀을 훔치고는 의아한 표정으로 물었다.

"그런데 점창파로 보이는 시신이 없습니다."

마교와 약간 떨어진 곳에 옹기종기 모여 있는 말 위에 약간의 시신이 있었다. 그건 굳이 살피지 않아도 마교도들일 터였다.

당철현 뒤에 있던 당문 소가주 당천위가 입을 열었다.

"패하고 물러나면서 수습한 것이겠지요. 그나저나 결국 저들의 노림수대로 되었네요."

각개격파를 말함이었다.

당천위의 부인인 독찰녀가 눈을 빛내며 말을 받았다.

"어차피 이렇게 된 거 우리가 점창의 복수를 해 주죠."

그녀의 당찬 말에 당천위가 쓴 웃음을 머금었다.

"상황이 그렇게 녹록한 게 아니오."

"당신은 겁난다는 건가요?"

"우리는 지금 거의 쉬지도 못하고 달려왔소. 반면 저들은 보아하니 나름 휴식을 취한 것 같고."

"그럼 후퇴라도 하자는 건가요?"

당천위의 잇새로 짙은 한숨이 흘러나왔다.

"그랬다간 우리는 저들의 추격에 제대로 싸워 보지도 못하고 많은 제자들을 잃게 될 것이오."

"그래서 어쩌자는 거예요? 싸우기도 어렵고 물러날 수도 없다면? 당신의 그런 우유부단함이 문제라는 거예요."

그녀의 말에 당천위는 담담하게 대꾸했다.

"시간을 벌어야 하오. 약간이라도 숨을 돌릴. 그리고 우리의 사기를 올릴 수도 있는 작은 사건이라도 만들 수 있다면 금상첨화일 터이고."

그의 말에 독찰녀가 고개를 갸웃거렸다. 그러자 앞으로 걸으며 대화를 듣던 당철현이 고개를 돌려 물었다.

"괜찮은 생각이라도 있는 것이냐?"

"예, 할아버지. 일기토를 제안해 보는 거 어떻겠습니까?"

일기토(一騎討).

장수와 장수 간의 일대일 대결을 말한다.

독고무영이 신중한 기색으로 입을 열었다.

"괜찮은 생각이오. 아마 흑랑대주란 자는 그 제안을 받을 것 같소. 문제는 우리 쪽에서 누가……."

그가 말을 채 끝맺기도 전에 방야철이 말했다.

"제가 하지요."

당철현이 살짝 미간을 접고 심드렁하게 말했다.

"내가 하는 게 나을 것 같은데?"

"어르신이 독인의 경지에 오른 건 저들도 이제 알고 있을 터이니 꺼릴 겁니다. 원래 일기토란 게 칼과 칼이 부딪쳐야 제맛 아닙니까?"

당철현은 딱히 딴죽을 걸 수가 없어 입맛만 다셨다.

방야철은 일행보다 조금 더 앞으로 나아가 외쳤다.

"낭왕이다! 일기토를 제안한다!"

공력이 담긴 음성에 허공이 진저리를 쳤다.

마교의 진영 선두에 있던 마창 송화운이 흑랑대주를 보며 고개를 저었다.

"받아들일 이유가 없습니다. 오래 달려와 지친 체력을 조금이라도 회복할 꼼수에 불과합니다."

그러나 마창은 말을 마치는 순간 어깨를 축 늘어뜨렸다. 흑랑대주뿐만 아니라 폭혈도, 귀혼창 그리고 몽추와 파륵마저 눈을 반짝반짝 빛내고 있었던 것이다.

마창은 기가 막혔다. 하지만 이렇게 물러설 수는 없었다.

"다들 왜 이러십니까? 아까 점창과 싸울 때만 해도 체력이 바닥나기 전에 전투를 끝내야 한다고 초조해하지 않으셨습니까?"

폭혈도가 답했다.

"그때야 저들이 언제 당도할지 모르니까 그랬지. 그리고 수하들 걱정이었지 나는 괜찮았어."

파륵도 고개를 끄덕이며 동의했다.

"이젠 뒤통수 걱정 없이 저들하고만 싸우면 돼. 그러니 한 판 멋들어지게 붙는 게 좋잖아."

마창은 속으로 '미친 싸움 귀신들아!'라고 욕하며 침착하게 말했다.

"수하들을 생각하십시오. 조금이라도 유리할 때……."

마창은 손으로 뒤에 있는 수하들을 가리키다가 말문이 막혔다.

하필 뒤에는 천랑대와 흑랑대가 있었다. 그리고 그들의 얼굴에는 재미있는 구경을 하게 됐다는, 마치 어린아이와 같은 즐거움이 가득했다.

초지명이 말했다.

"모두가 일기토를 원하는군. 그럼 사기 진작을 위해서라도 지휘관인 내가 거절할 수 없지."

그리고 태연하게 앞으로 나섰다. 그에 폭혈도가 발끈했다.

"내가 하겠습니다. 나는 꼭 한 번 낭왕이라는 자와 붙어 보고 싶었습니다."

초지명이 고개를 저었다.

"이건 사기와 직결되는 중요한 일이야. 낭왕이 나왔다면 그만한 대우를 해 줘야지. 지휘관인 내가 해야 해."

"그런 게 어디에 있습니까?"

"꼬우면 그대가 지휘관 하든가!"

"……."

대꾸할 말이 없었다. 초지명은 청룡극을 어깨에 걸치고 나가며 말했다.

"낭왕의 수급을 곧 가져오지."

그리고 초지명은 앞을 향해 고함을 질렀다.

"흑랑대주 초지명이다. 그대의 제안을 받아들인다."

방야철이 빙그레 웃었다. 그는 고개를 돌려 자신을 보고 있는 정파인들을 향해 말했다.

"흑랑대주의 수급을 가져오겠소. 그때까지 짧은 여유를 즐기시오."

2

환한 달이 내려다보는 가운데 방야철과 초지명이 서로를 마주 보고 대치했다. 양측 진영에서 일던 거대한 함성이 점차 잦아들었고 이내 쥐 죽은 듯한 정적이 대지 위로 내려앉았다.

방야철과 초지명의 거리는 삼십여 걸음.

둘은 상대의 눈을 직시하며 심장이 두근거리는 것을 느꼈다.

서로를 가까이 마주하자 본능이 먼저 위험 경고를 보냈다. 이 싸움, 자칫 자신이 죽을 수도 있다는…….

그런 생각이 들자 오히려 둘의 입꼬리가 씩 올라갔다.

거칠게 뛰는 심장.

이건 두려움이 아니다.

수많은 수라장을 헤치고 나온 진정한 무인만이 느낄 수 있는 희열이다.

초지명은 낭왕에게 살짝 목례를 했다. 자신보다 열두 살 많은 무림 선배를 향한 예우였다.

아니, 나이 때문이 아니다. 초지명은 낭왕이 묵묵히 걸어왔던 길을 진심으로 존경했다.

만약 자신이 중원에서 태어나 살았다면 낭왕의 전철을 밟지 않았을까라는 생각을 여러 번 했을 정도였다.

"소문으로만 듣던 낭인들의 우상과 겨루게 되어 영광이라 생각하오."

기실 무림의 고수 중 방야철만큼 유명한 사람은 흔치 않다. 셀 수도 없는 수많은 싸움을 겪은 인물이었으며 변변한 스승 없이 절정의 경지까지 오른 고수였다.

이렇다 할 배경도 없는 그에게 괜히 '왕(王)'이란 별호가 주어진 것이 아니었다.

낭왕 방야철.

그는 현 무림에서 실력에 비해 가장 저평가되고 있는 인물인 동시에, 자신보다 강한 자를 가장 많이 죽인 무사였다. 오죽하면 어떤 초절정의 무신급 고수가 같은 초절정 고수보다 낭왕을 더 상대하기 두렵다는 말을 했을까?

방야철은 박도의 손잡이를 엄지로 훑으며 씩 웃었다.

미칠 듯이 뛰는 심장의 고동 소리. 살이 찌릿찌릿할 정도의 긴장감. 그는 이런 흥분을 사랑했다.

"전장에서 선후배를 따질 일이 뭐 있겠는가? 무사는 오로지 칼로 말할 뿐."

초지명도 미소를 머금었다.

"동감입니다. 그럼 숨은 돌렸을 것 같고. 시작해 봅시다."

방야철이 고개를 주억거리며 박도를 앞으로 겨눴다.

"그대가 무적검과 혈투를 벌여 이겼다는 얘기는 이미 들었네. 그러니 나는 처음부터 전력을 다할 생각이야."

상대의 실력을 탐색하는 짓은 하지 않겠다는 경고였다.

방야철의 눈이 매처럼 움직이며 초지명의 전신을 살폈다. 허점 같은 것은 전혀 보이지 않았다. 마치 깨어지지 않는 단단한 갑옷을 입은 듯 견고했다.

초지명 역시 방야철을 살폈다.

"글쎄. 비겼다는 것이 맞을 겁니다. 하지만 다음엔 그의 수급을 반드시 취할 생각이지요."

초지명은 숨을 들이키며 내공을 모조리 끌어 올렸다.

지이이잉.

청룡극이 희미한 울음을 토했다.

초지명은 낭왕을 상대한 뒤의 정파인들은 생각하지 않기로 결심했다.

이 사람만 상대한다. 낭왕에게 모든 걸 쏟아붓는다. 남은 정파인들은 뒤에 있는 동료와 수하들을 믿고 맡긴다.

방야철이 말했다.

"미안하지만 그대가 무적검을 다시 상대할 기회는 없을 거네. 내가 여기서 그대의 목을 벨 테니까."

방야철은 말을 마치기도 전에 앞으로 뛰었다. 발을 떼는 것 같았는데 어느새 그의 신형은 초지명의 지척에 다다랐다.

눈을 의심케 하는 빠른 움직임에 보는 이들 중 적지 않은 이들이 탄성을, 어떤 이들은 우려를 드러냈다.

반면 초지명은 씩 웃었다. 낭왕의 노림수는 이미 짐작하고 있었다.

시작부터 구 척의 청룡극 안으로 파고들어 유리한 고지를 점하겠다는 의도였다.

부우우웅!

청룡극이 기다렸다는 듯이 묵직한 파공성과 함께 허공을 갈랐다.

순간 방야철의 눈동자가 살짝 흔들렸다. 예상보다 훨씬 무거운 압박이 전신을 짓눌렀다. 만약 자신이 평범한 무사였다면 그 압박만으로도 얼어붙어 몸이 두 쪽 났으리라.

또한 속도도 상상 이상이었다. 하지만 자신은 낭왕이
다!

슈캉!

낭왕의 박도가 허공을 쪼개 오는 청룡극을 받아쳤다.

몇 개의 불똥이 튀었다.

그리고 둘을 중심으로 원형의 흙바람이 일어나 사방으
로 휘몰아쳤다.

일기토!

장수들에게 영광인 자리.

집단전에서 절정 고수는 가진 바 힘을 조율할 필요가
있다. 근처에 있을 동료나 수하들을 배려해야 하기 때문
이다.

그러나 일기토는 다르다.

자신의 모든 것을 폭발시킬 수 있다.

방야철과 초지명은 상대의 힘과 내공에 감탄했다. 기선
제압을 위해 내공과 힘을 전력으로 부딪쳤다. 그러나 상
대는 한 발자국도 물러서지 않았다.

깡깡깡! 쨍!

박도가 연달아 청룡극을 때렸다. 그에 청룡극은 약간
밀렸다가 곧바로 박도를 맞받아쳤다.

둘은 그 짧은 공간에서 힘과 내공을 가득 뽑아냈다.

파파파팟.

둘의 신형과 병장기에서 흘러나오는 강류(強流)가 거칠게 상대방을 향해 쏘아졌다. 머리카락이 격랑을 맞은 듯 흔들렸다. 옷이 세찬 바람에 몸살을 앓았다.

그 와중에서도 둘의 병장기는 상대의 것을 거칠게 때렸다.

슈캉!

한 순간 낭왕의 박도가 슬쩍 꺾이며 사선으로 청룡극을 두들겼다. 그러자 힘의 중심을 잃은 청룡극이 살짝 위로 방향을 틀었다.

슈가각!

낭왕의 머리칼이 우수수 베어졌다.

만약 박도의 힘이 조금만 모자랐다면, 방야철이 허리를 낮추는 것이 조금만 늦었더라면 목이 날아갔을 것이다.

그러나 그 짧은 순간에 낭왕은 안으로 파고들었다.

쇄애액!

박도의 도첨이 초지명의 목젖을 노렸다. 때를 맞춰 청룡극은 소리도 없이 다시 돌아와 낭왕의 머리를 부술 듯 떨어졌다. 점창 장문인을 상대할 때 보여 준 가공할 빠름이었다.

방야철은 갑자기 빨라진 청룡극에 당황스러우면서도 공격의 끈을 놓지 않았다. 안으로 파고들었다. 이대로 물러설 수는 없었다.

빙글.

박도는 그대로 나아가는데 낭왕의 몸만 돌았다.

그의 신기에 초지명의 눈동자가 흔들렸다. 하지만 초지명은 침착하게 허리를 비틀며 공격을 늦추지 않았다.

파앗! 쩡!

"큭."

"음."

짧은 단말마가 동시에 터졌다.

초지명의 어깨가 길게 찢어졌다. 하얀 뼈가 살짝 드러났다. 대신 초지명은 낭왕의 박도를 거칠게 내리꽂았다.

방야철은 손목부터 시작해 팔 전체가 욱신거렸다. 박도가 하릴없이 밑으로 곤두박질쳤다.

무기를 고집하면 몸 전체의 균형이 무너질 판이다. 그렇다고 박도를 놓아 버리는 것은 더 큰 위험을 초래할 수 있다.

하지만 방야철은 미련 없이 칼을 놓았다.

콰아앙.

청룡극이 박도를 밀고 내려가다가 땅에 꽂혔다. 낭왕이

갑자기 박도를 놔 버린 탓에 청룡극은 그 힘을 주체하지 못하고 땅에 깊게 박혔다. 동시에 박도는 힘없이 옆으로 튕겨 나갔다.

그사이에 방야철은 앞으로 두 걸음을 더 파고들었다.

쇄애애액.

응조수(鷹爪手)!

방야철의 손가락 다섯 개가 매의 발톱처럼 휘어져 초지명의 가슴팍을 쓸었다.

찌이이익!

방야철의 응조수가 심장 지척까지 찢다가 막혔다.

초지명의 주먹이다. 그 역시 땅에 박힌 청룡극을 놓고는 주먹으로 응조수를 맞받아쳤다.

응조수와 정권.

둘의 손에는 이미 공력이 가득 실려 있는 상태다.

콰직.

방야철의 다른 손이 주먹으로 초지명의 얼굴에 꽂혔다. 그리고 거의 동시에 초지명의 발등이 방야철의 종아리를 가격했다.

퍼어억.

"크윽."

"으윽."

다시 터져 나오는 단말마.

초지명이 뒤로 한 걸음 물러났고, 방아철은 옆으로 쓰러질 듯 휘청거렸다. 그러나 둘은 동시에 균형을 찾으며 서로를 향해 달려들었다.

주먹이 꽂히는 것을 손목으로 흘렸다. 주먹을 쳐 낸 손은 조법이 되어 상대의 가슴을 또는 소매를 휘어잡았다. 그러면 상대는 다시 그 손을 잡아챘다.

착, 착착착, 퍽퍽. 퍽퍽퍽!

서로 치고받는 기격(技擊)이다.

무기에 의지하면서 박투술을 소홀히 한 사람이라면 찰나도 버티기 힘들 정도의 격한 대결.

주먹에 피가 맺히고 가슴과 팔등, 손목 부위가 찢어졌다.

하체도 놀지 않는다.

두 손이 정신없이 오가는 와중에 틈틈이 발이 상대를 노린다. 발이 허벅지를 찍고, 밀려난 허벅지는 몸의 중심을 이동시키면서 슬격(膝擊)으로 맞받는다.

"컥!"

초지명은 어금니를 악물었다. 낭왕의 무릎이 정통으로 배에 박혔다. 창자가 꼬이는 듯했다. 그의 허리가 새우처럼 휘는 순간, 주먹을 쥐었다.

파아아앙.

초지명의 정권이 전광석화처럼 뻗었다. 그러나 낭왕은 허리와 팔을 뒤트는 전사경으로 초지명의 정권을 흘렸다.

그런데 초지명의 정권이 휘어지는 듯하다가 팔이 접혀졌다. 앞으로 고꾸라지는 듯했던 초지명의 허리가 펴졌다. 그리고 그의 팔꿈치가 방야철의 턱을 올려쳤다.

콰직!

"크윽!"

방야철의 신형이 위로 솟구쳤다. 초지명은 그를 따라가려다 눈을 빛냈다.

허공에서 제비돌기를 하는 낭왕. 상당한 타격을 받았음에 분명한데도 그의 눈동자는 또렷했다.

초지명은 낭왕을 쫓는 대신에 우측으로 이동했다.

양손으로 땅에 박힌 청룡극을 빼냈다. 그리고 땅을 박차며 길게 휘둘렀다.

부우우웅.

거센 기운이 노도처럼 흘러나오며 낭왕을 덮쳤다.

방야철은 두 팔을 교차해 십(十)자를 취하며 몸을 웅크렸다.

파파파파아아!

강류가 방야철을 할퀴었다. 뜨거운 불로 지지는 듯한

통증이 전신에서 일었다.

그러나 방야철은 호신지기를 끌어내지 않고 그 흐름에 몸을 맡겼다. 그리고 뒤로 데굴데굴 굴러가서는 피투성이가 된 채로 씩 웃었다.

그의 곁에 박도가 있었다.

어느새 달려온 초지명이 소리도 없이 청룡극을 내려쳤다. 박도가 청룡극을 마중 나갔다.

콰아아앙.

폭음.

그 속을 뚫고 다시 방야철이 안으로 파고들었다.

슈가가앗!

박도가 가히 미친 속도로 허공을 쪼갰다. 초지명은 쥐고 있는 청룡극의 손잡이 뒷부분을 내밀며 박도를 쳐 냈다. 그리고 그 반탄력을 이용해 몸을 빙글 돌렸다.

쇄애애액.

청룡극이 다시 방야철의 목을 노리고 쏘아졌다.

쩡!

청룡극에 방야철이 두 걸음을 주르륵 밀려났다. 마침내 힘에서 방야철이 밀리기 시작한 것이다.

초지명은 앞으로 발을 내디뎠고, 방야철은 발꿈치로 땅을 깊게 차며 박도를 뻗었다.

박도에서 다섯 개의 도영(刀影)이 뻗어 나왔다. 초지명은 그 도영 중 위험한 두 개만 청룡극을 살짝 흔들며 무력화시켰다.

파파팟.

세 개의 도영이 초지명의 몸 세 군데를 찢었다. 대신 그의 청룡극은 낭왕의 옆구리를 슬쩍 찢었다.

"큭."

방야철의 신음성.

그러나 그의 공격도 도영으로 끝난 것이 아니었다. 옆구리를 내어 주면서 만들어 낸 허점. 박도는 그 틈을 좇아서 초지명의 뼈가 드러난 어깨를 내려찍었다.

콰직.

뼈가 금 가는 소리가 일었다. 만약 초지명이 몸을 찰나라도 늦게 비틀었다면 가슴까지 박도가 박혔을 정도로 위험했다.

둘은 이를 악물고 열 보를 물러나 섰다.

대적세(對敵勢)를 풀지 않고 손가락으로 부상 근처를 점혈해 피가 계속 솟구치는 것을 막았다. 그리고 서로를 노려보았다.

지켜보는 사람들은 입조차 열지 못했다. 손바닥은 식은

땀으로 흥건했다.

낭왕이 초지명에게 달려들고 지금까지 흘러간 시간은 고작 반의 반 각에도 못 미쳤다.

한 수, 한 수에 짙은 살기가 가득했다. 더 놀라운 것은 아무리 위험한 순간에도 머뭇거림이 없었다는 사실이다.

칼을 놓고 극을 버린다.

목숨과도 같은 애병을 놓음은 그 순간에 상대의 숨통을 끊기 위함이다. 공격하고 틈을 찾는다. 막아 내며 허점을 노린다.

동작 하나에도 유혹과 함정이 있고 허점에도 노림수가 있다.

원하는 건 하나다.

승리.

지켜보는 이들은 초조해 침만 연신 삼켰다.

방야철이 눈가의 땀과 피를 소매로 훔치고는 씩 웃었다.

"몸은 제대로 풀었군. 그럼 슬슬 끝내야겠지?"

초지명도 빙그레 웃었다.

"옆구리 괜찮은 겁니까? 크크큭."

"자네 어깨나 가슴보다는 훨씬 낫다네."

"다행이군요. 내 마지막 일격이 너무 허무하게 끝날까 걱정했거든요."

"이런, 나와 같은 생각을 하고 있었군. 내 비록 나에게 진 자는 기억하지 않지만, 자네만큼은 기억하겠네. 마교의 흑랑대주, 초지명."

초지명은 어깨를 으쓱거렸다.

그는 속으로 천만다행이라고 생각했다. 점창 장문인과 상대하면서 초절정의 입문에 다다르지 못했다면 낭왕을 이기긴 어려웠을 것이란 생각이 뇌리를 스친 것이다.

그러나 그건 그의 착각이다. 갑자기 그가 초절정의 입문에 다다른 것이 아니다. 이미 그는 이삼 년 전부터 마지막 벽을 두고 있었을 뿐이었다.

그러다가 무적검 한추광과 생사투를 벌이면서 부족함을 깨달았고 그 부족함을 메우려고 며칠간 노력하면서 자연스럽게 초절정의 입문에 들어선 것이었다. 점창 장문인은 기폭제가 되었을 뿐.

낭왕 역시 속으로 다행이라 여겼다.

삶에 회의를 느끼면서 자신도 모르게 칼이 무뎌지고 있다는 것을 느끼고 있었다. 그런데 천류영을 만나면서 다시 인생의 목표를 정립할 수 있었다.

목표가 서면 칼도 서는 법이다.

그렇기에 그는 마교의 태상장로를 비롯한 여섯의 절정 고수 속으로 뛰어들 수 있었다.

　둘은 지금 스스로를 그 어느 때보다 강하게 믿었다.

　'이긴다! 반드시!'

　'꺾는다! 무조건!'

　둘은 서로를 보며 다시 걸음을 내디뎠다.

　동녘 하늘에서 일출이 곧 시작되려는지 사위가 점차 밝아지고 있었다.

＊　　　　＊　　　　＊

　모용린이 밤새 들어온 정보를 말하자 천류영은 잠시 침묵했다가 입을 열었다.

　"그럼 점창파는…… 오로지 스스로의 실력으로 마교를 꺾어야 하는 거군요."

　모용린이 고개를 끄덕였다.

　"그래요. 우리가 지원군을 보낸 의미가 없어진 거죠. 아니, 이제는 정말로 지원군까지 위험에 처할 가능성이 생긴 거예요. 최악이죠."

　"그렇군요."

　천류영은 의외로 담담하게 대꾸했다. 마치 남의 일을

말하는 것처럼.

모용린은 그런 천류영의 얼굴을 살피면서 쓴 미소를 지었다. 이 남자는 평소에는 평범한데 복잡하거나 위기 상황이 도래하면 믿을 수 없게 침착함을 유지했다.

"점창과 마교 간의 싸움은 끝났을 공산이 커요. 점창이 이겼다면 상황 종료로 사령관이 출진할 이유도 없죠. 그러나 반대라면 지금쯤 마교와 우리가 보낸 지원군의 싸움이 시작됐을 거예요."

"그렇겠지요."

천류영은 고개를 주억거렸다. 여러 가지 생각이 교차했다.

무인들의 자존심이라는 것이 동료들과 함께하는 전술에 차질을 줄 정도로 중요한지에 대한 의문, 그리고 표국에서 일하며 개략적으로 알고 있던 무림이나 무림인들에 관한 정보가 구체적이지 않다는 생각이 먼저 들었다.

"확실히 저는 공부가 더 필요한 것 같습니다."

모용린이 한숨을 삼키고 대꾸했다.

"사령관의 판단 착오가 아니에요. 왜냐하면 천마검의 이런 기동전은 사실 미친 짓이니까요. 예상할 수 있다면 그게 더 웃긴 거죠."

모용린은 스스로 한 말에 살짝 진저리를 쳤다. 정말이

지 천마검은 예상에서 늘 벗어났다.

파격의 행보.

천마검만 생각하면 이젠 두통부터 일 지경이었다.

천류영은 고개를 저었다.

"저는 그렇게 생각하지 않습니다. 그건 핑계일 뿐입니다."

"……."

"만약 마교의 그리고 천마검이 지난 십 년간 새외무림에서 어떻게 싸워 왔는지 자세하게 알고 있었다면, 우리는 이렇게 속수무책으로 당하지 않았을 겁니다. 정보가 그리고 공부가 필요한 이유가 바로 그 점에 있다고 생각합니다. 과거를 알아야 현재에 대처할 수 있으니까요."

정보의 부재를 지적하는 말에 모용린은 어깨를 으쓱거리며 입맛을 다셨다.

정파의 힘이 전성기에 달했다는 이 시대.

그렇기에 새외무림에서 펼쳐지는 움직임에 큰 관심을 보이지 않았다. 그보다는 오히려 정파 내부의 문파들 간 경쟁이 더 중요한 시기였다. 모든 정보기관들의 대부분 인원이 자연스럽게 그리 이동했다.

마교에서 오백 년 만에 천마동에서 살아 나온 인물이 출현했다는 말에 잠깐 긴장한 적도 있었다. 그러나 그 사람이 겨우 열여덟 살이라는 말에 정파인들은 실소를 머금었다. 배꼽을 쥐고 웃는 이들도 많았다.

천마검이 마교주와 함께 새외무림 정복전을 펼칠 때에도 경계하기보다는 오히려 반겼다.

서로 싸우는 걸 전력의 약화로 받아들인 것이다. 그리고 그 전쟁에서 간간히 중원에 들어오는 소문은 대부분이 천마검의 활약에 관한 것이었다.

전성기를 달리는 정파인들에게 황당할 정도였던 젊은 고수의 활약은 오히려 점점 더 방심을 하게 만들었다.

그러다가 흑천련이 세워지고 곤륜파가 무너지면서 일부 정파인들은 긴장하기 시작했다. 새외무림의 동향에 촉각을 곤두세우고 더 많은 정보를 파악할 필요가 있다고 역설하는 이들이 생겨났다.

그러나 역사적으로 전성기를 구가하는 세력들과 그 시대의 중심에서 살아가는 사람들의 심리에는 공통점이 있다.

자만과 과신(過信).

자신들이 최고라는…… 스스로의 힘에 도취되고, 그것이 아예 면역처럼 되어 버리면 주변을 냉정하게 살피지 못하게 된다.

어쩌면 그래서 역사는 우리에게 성토하는 것인지도 모

른다. 강대한 세력은 자신들이 모르는 사이에 내부가 곪았고 변경(邊境)의 작은 변화로 인해 무너졌다는 것을!

즉, 역사는 냉철한 자기반성을 잊지 말고 변방과 비주류를 경계하라고 말하는 것이다.

그러나 이 역사의 법칙은 거의 예외를 만들지 않았기에 법칙이다.

모든 위대한 제국은 결국 그렇게 무너졌다.

자만과 과신이 경계와 겸손을 잃어버리게 하고 부패와 향락에 젖게 만든다. 질적이 것보다 양적인 것, 내면보다 외면을 찾으며 빈부의 격차를 한없이 벌린다.

그렇게 안으로 곪으면서 균열이 일 때, 그 균열을 깨는 것이 바로 관심에서 멀어져 간 변방이나 비주류다. 그들이 힘을 모을 때, 역사는 격변한다.

모용린은 천마검이나 천류영이 그런 사람일지도 모른다는 생각이 얼핏 들었다.

천류영이 뭔가를 곰곰이 생각하다가 말했다.

"천마검은 어떻습니까?"

천마검은 사천 분타에서 이십 리 떨어진 용락산(龍落山) 앞 분지에 진을 치고 있었다.

"워낙 고수들이 많으니 가까이 접근할 수가 없어요. 그래서 정확하게 알 수 없지요."

그녀는 어깨를 으쓱하고 말을 이었다.

"어쨌든 아직까지 어떤 움직임도 들어온 건 없어요. 아마 사령관이 나서야 무슨 움직임이 있지 않겠어요?"

모용린은 피곤으로 충혈된 눈을 깜빡거렸다. 그러자 천류영이 낭랑한 목소리로 말했다.

"그럼 저는 이제 출진하겠습니다."

"예, 조심하세요. 그리고 운명의 신이 있다면…… 그 신이 당신의 손을 들어 주길 간절히 빌게요."

3

운명의 신이란 게 존재할까?

이 질문에 대한 답은 명확하다.

알 수 없다.

그러나 운명의 신이 있다고 가정한다면 어떨까?

대부분의 사람들은 이렇게 말할 것이다.

'운명의 신은 너무 가혹하다.' 라고.

왜 나에게, 왜 우리에게 이리 힘든 시련을 주느냐고.

하지만…… 운명의 신은 이렇게 항변하겠지.

'모든 결과는 인간 스스로의 선택에 의한 것이다. 나는 그저 지켜볼 뿐.' 이라고.

*　　　　*　　　　*

용락산 앞.

아직 일출까지는 약간의 시간이 남았지만 짙었던 어둠은 힘을 잃고 바래졌다.

"빨리빨리 움직여라!"

누군가가 외쳤고 사람들은 부지런히 움직였다.

막사는 철거되고 간단한 조식도 마쳤다.

천마검 백운회는 산 앞의 작은 바위에 앉아서 출진을 위한 마지막 준비를 하는 수하들을 물끄러미 바라보았다.

자신과 함께할 일백의 천랑대는 어느새 전열을 갖추고 있었다. 반면 일백이십의 천마신교 무사들과 팔십여 명의 소뇌음사, 사황궁의 무사들은 어슬렁거리며 게으름을 피웠다.

그것이 눈에 거슬렸지만 딱히 지적하고 싶지는 않았다. 어차피 그들은 사천분타 근처까지 가서 머무르다가 돌아오면 되는, 간단한 일만 하면 되니까.

문제는 소교주를 따르는 교도들과 소뇌음사, 사황궁 사이에 흐르는 묘한 긴장감이었다.

백운회는 관태랑이 다가오자 일어나 말했다.

"분위기가 이상하군."

관태랑이 쓴웃음을 지었다.

"새벽에…… 과음한 소교주가 마불 부주지와 사혈강 궁주에게 찾아갔었습니다."

"훗, 한바탕 난리를 피웠겠군."

뇌악천은 권력의 자리에서 내려오는 박탈감을 이기지 못하고 술주정을 한 것이 분명했다. 보지 않아도 빤했다. 그는 마불과 사혈강에게 느낀 배신감을 토로했을 것이다.

"그 정도까지는 아녔습니다. 그랬다면 대주님께서 일어나셨겠지요."

백운회는 고개를 끄덕이다가 말했다.

"의외인걸. 그 더러운 성격에 말이지."

관태랑의 쓴 미소가 짙어졌다.

"박탈감도 크겠지만 의기소침한 것이 더 컸다고 해야겠지요. 어쨌든 쌍욕까지 해 대다가 돌아갔습니다."

"마불 부주지와 사 궁주의 성격도 여간내기는 아닌데."

"제가 끼어들어 말렸습니다. 소란이 커져 대주님께서 깨어나시면 좋을 일 없을 거라고 하니까 참더군요. 소교주도 돌아가고 말입니다."

백운회는 고개를 끄덕이며 말을 받았다.

"잘했어. 소교주는 계속 경계해야 할 자야. 나는 그가 이렇게 물러설 거라고 생각하지 않아. 혈서? 그놈은 약속 따위 언제라도 파기할 수 있는 놈이거든."

"예. 앞으로도 소교주에 대한 감시의 끈을 놓지 않을 겁니다."

그때 멀리서 소교주가 마불, 사혈강과 대치한 모습이 보였다. 말다툼하는 모양새였다. 백운회의 눈가가 살짝 일그러졌다.

"소교주, 저놈은 정말 끝까지 속을 썩이는군."

백운회가 앞으로 움직이려고 하자 관태랑이 고개를 저으며 막았다.

"그냥 두시지요. 저 짓거리도 이제 마지막일 테니까요. 무림서생을 얻게 될 좋은 날입니다. 대주님."

백운회는 입맛을 다시다가 다가오는 선지운을 향해 말했다.

"나에게 무슨 할 말이라도 있나?"

선지운은 뒤통수를 긁적거리다가 답했다.

"저는 먼저 청성산으로 돌아갈까 해서요. 여기에 남아서 딱히 할 일도 없고."

청성산에는 부상으로 출진하지 못한 이들이 남아 있었다. 백운회가 소리 없이 웃고는 머리를 쓸어 넘겼다.

"그렇게 남아 있으라고 할 때 남지, 왜 여기까지 따라

오나?"

선지운은 백운회를 보며 멋쩍은 미소를 지었다.

조금씩 당신의 매력에 빠지다 보니까 이제는 조금이라도 더 같이 있고 싶었다는 게 솔직한 속내였다. 그러나 그 말을 하자니 닭살이 올라와 할 수가 없었다.

"그러게 말입니다. 괜히 왔습니다."

"호위 한 명 붙여 줄 테니까……."

선지운은 백운회의 말허리를 끊고 대꾸했다.

"도망가지 않습니다."

"허, 누가 도망갈 걱정으로 이러나?"

"그럼 그냥 믿어 주십시오."

백운회는 쓴 미소를 짓고 고개를 끄덕였다.

"알겠네. 그럼 청성산에서 다시 보지. 먼저 가 있게."

"예. 대주님 가시는 모습 보고 움직이겠습니다."

관태랑이 끼어들었다.

"선지운, 자네 대주님을 보는 눈길이 마치 상사병에 걸린 여인처럼 보이는데?"

그 말에 선지운이 화들짝 놀라 정색했다.

"부대주님! 농이 지나치십니다."

관태랑이 시원한 웃음을 터트렸다.

"하하하. 그저 농담인데 뭘 그리 발끈하나?"

"아무리 그래도……."

"나는 조금 아쉬운걸? 우리 부대의 조장들이나 대원들은 모두 대주님을 사모하고 있거든. 그래서 자네도 우리와 같이 대주님을 향한 가슴앓이를 시작하는 줄 알아서 기뻤는데 말이지."

보다 못한 백운회가 손사래를 쳤다.

"자자, 객쩍은 소리는 이제 그만하자고."

백운회가 앞장서서 움직이자 관태랑은 웃음을 참고 뒤를 따랐다. 그리고 선지운은 관태랑을 옆에서 노려보며 구시렁거렸다.

그때 백운회가 고개를 갸웃거리며 멈춰 섰다. 그리고는 뭔가 탐탁지 않은 얼굴로 고개를 돌려 산을 올려다보았다.

관태랑이 의아한 기색으로 물었다.

"왜 그러십니까?"

"이 산 말이야."

"……?"

"느낌이 뭔가 싸하다고 해야 하나? 영 기분이 좋지 않아."

그 의문에 선지운이 답했다.

"용락산이니까요."

"……?"

"용이 떨어진 산이란 뜻입니다. 용이 마침내 여의주를 얻고 승천하다가 벼락에 맞아 떨어졌다는 전설이 내려오는 곳입니다."

관태랑이 산을 보며 말했다.

"슬픈 전설이군. 용이 죽기 전에 발광을 해서 산세가 이리 험한 건가?"

선지운이 빙그레 웃으며 말했다.

"예, 그렇다고 볼 수 있지요. 또한 곳곳에 용의 원한이 서려 있어서 기운이 음침한 것으로도 유명합니다."

백운회는 산을 천천히 훑다가 고개를 끄덕였다.

"확실히 산에서 흘러나오는 기운이 범상치 않아."

선지운이 말을 받았다.

"예, 그래서 예전에는 도사들이 이곳에서 굴을 파고 수련을 하곤 했었습니다. 산의 기운을, 아니, 정확히 말하면 용의 기운을 얻을 수 있을까 해서지요."

관태랑이 피식 웃으며 고개를 저었다.

"나중에 한 번 둘러봐야겠군. 용의 기운을 얻게 되면 제가 그 기운을 대주님께 나눠 드리겠습니다."

그 말에 백운회가 표정을 풀고 가볍게 웃었다.

"후후후, 굳이 용의 기운을 다른 곳에서 찾을 필요가 있나? 내가 보기엔 관태랑 자네야말로 잠룡인 것을."

그 말에 관태랑이 못 당하겠다는 듯이 어깨를 으쓱거렸고 선지운은 웃음을 터트렸다.

그들뿐만 아니라 천랑대원들은 모두 활기찼다. 그들 중 누구에게서도 긴장감은 찾아볼 수 없었다.

천마검 백운회와 함께하는 작전에서 패배란 상상조차 할 수 없는 일이기에 자신만만한 것이다.

출진 준비를 마치고 도열한 천랑대 앞으로 백운회가 움직이는데 마불과 사혈강이 굳은 얼굴로 다가왔다.

"천마검 사령관."

마불이 먼저 입을 열자 사혈강이 말을 이었다.

"이 작전 꼭 나가야 하는 건가? 그깟 무림서생이란 작자야 나중에 자객을 써서 납치하거나 해치우면 되지 않나?"

백운회가 눈살을 찌푸리는 가운데 관태랑이 대신 질문을 받았다.

"갑자기 그런 말씀을 하시는 이유가 뭔지요?"

마불이 입술을 우물거리다가 말했다.

"아무래도 소교주가 걸리네."

백운회와 관태랑의 미간이 좁혀졌다. 둘은 이십여 장 떨어진 곳에 위치한 소교주와 그 휘하를 일별했다.

백운회는 뇌악천이 몽혈비 장로, 월마룡과 함께 모여서

뭔가를 숙덕대고 있는 모습을 보면서 입을 열었다.

"소교주가 걸린다는 것이 무슨 뜻입니까?"

"자네가 떠나면 무슨 일을 저지를지 모른다는 뜻이네."

"……!"

"소교주가 사령관에게 혈서를 써 준 것은 들어서 알고 있네. 하지만 그것이 사령관을 방심하게 만드는 속임수라면 어쩌겠나?"

관태랑이 눈을 번뜩이며 끼어들었다.

"그가 우리의 뒤통수를 노린다면…… 그렇다면 소교주는 그 응분의 대가를 받게 될 겁니다."

사혈강이 말을 받았다.

"물론 천랑대는 그런 말을 할 자격이 있지."

모두가 알고 있는 사실이었다. 이곳에 있는 천랑대만으로도 소교주의 휘하 부대는 가볍게 처리할 수 있다는 것을.

관태랑의 눈동자가 흔들렸다. 그의 입에서 '설마?'라는 말이 튀어나왔다. 사혈강이 고개를 끄덕이고는 속삭이듯이 말했다.

"자네가 지금 짐작하는 것이 맞네. 왠지 소교주는 나와 마불 부주지를 노리고 있는 것 같아."

관태랑은 너무 놀라 숨을 들이켰다.

생각도 못했다. 그러나 조금만 차분히 생각하면 가능성이 없는 얘기도 아니었다.

현재 소뇌음사와 사황궁의 전력은 엉망이라고 해도 과언이 아니었다. 쓸 만한 고수들은 죽거나 부상이 심해서 청성산에 남았다. 반면 소교주가 이끌고 온 일백이십 명에는 적지 않은 고수들이 있었다.

싸움이 붙으면 소교주가 이길 것이 분명했다.

소교주가 이들을 제거한 뒤, 먼저 본교로 회군한다면?

일은 상당히 복잡하게 흘러갈 공산이 컸다. 어쩌면 소뇌음사와 사황궁을 공격한 배신자로 천마검을 몰아갈 수도 있었다.

관태랑이 입술을 깨물며 그 잘생긴 얼굴을 일그러트렸다.

"으음…… 일이 너무 쉽게 풀린다고 생각했더니."

관태랑, 마불, 사혈강 그리고 선지운의 시선이 백운회에게 모아졌다.

관태랑이 물었다.

"대주님. 어떻게 할까요?"

백운회는 천천히 이마 위의 머리칼을 쓸어 넘기고는 마불과 사혈강에게 말했다.

"미안하지만 저는 이번 작전을 포기할 수 없습니다. 무림서생을 반드시 취할 것입니다."

마불과 사혈강의 얼굴에 그늘이 내려섰다. 마불이 발끈했다.

"이봐, 사령관. 그대와 우리는 이제 한 배를 탔어. 그런데 이렇게 무심하게 나올 건가?"

사혈강도 날 선 음성으로 말했다.

"우리가 사령관과 함께하기로 한 이유 중에는, 자네는 함께 한 사람들을 끝까지 지켜 주는 모습을 지금껏 보여 준 것이 컸다. 그런데 무림서생이라는, 무공도 모르는 놈이 우리보다 더 중하단 말인가?"

두 수장이 천마검을 거칠게 몰아붙였다. 그러나 관태랑은 그들을 막기가 뭐해서 난감했다. 두 수장의 말은 분명 명분이 있었기 때문이었다.

관태랑은 한숨을 내뱉고 말했다.

"대주님, 차라리 소교주를 우리가 데려가는 것은 어떻겠습니까?"

마불이 반색했다.

"호오, 그거 괜찮은 생각이군. 그렇다면야 문제될 것이 없지."

사혈강은 고개를 갸웃거렸다.

"소교주가 사령관을 따라나서겠소?"

"사령관이 명을 내리면 소교주가 뭘 어떻게 하겠소?"

"하지만 끝까지 버티면 상황이 애매해질 수도 있을 것 같은데……."

"안 따르면 어쩌겠소? 사령관은 천마검이오."

둘의 대화에 관태랑은 속으로 고소를 삼켰다. 언제부터 이 두 사람이 사령관을 이렇게 따랐다고.

하지만 이런 것이 바로 권력자들의 모습이었다.

힘을, 대세를 좇으며 자신들의 기득권을 지키려고 애쓰는 인간들.

백운회가 잠시의 고민을 끝내고 말문을 뗐다.

"관태랑, 소교주를 불러와. 몽혈비 장로와 월마룡까지."

"예. 그런데…… 어떻게 하시려는지 여쭤봐도 되겠습니까?"

마불이 키득거리며 말했다.

"그 셋을 사령관이 데려가면 문제될 일은 결코 없을 것이오."

백운회가 고개를 저었다.

"아뇨. 그 셋은 그대로 남겨 둘 겁니다."

소교주를 데려갈 수도 있다. 그러나 백운회는 별로 그렇게 하고 싶은 생각이 없었다.

천류영이 어떤 함정을 파 두었을지 알 수 없다.

그 녀석이라면 생각보다 복잡한 싸움이 펼쳐질 수도 있었다. 그런데 그 혼전의 와중에, 만약 앙심을 품은 소교주가 제멋대로 천류영을 해치는 일이 생긴다면, 그 확률이 만분지 일이라고 해도 막아야 했다.

자신이 아무리 소교주에게 경고를 해도, 그가 어쩔 수 없는 상황이었다고 말하면 끝이니까.

그렇다면 사전에 그런 일이 생기지 않게 여지를 없애는 것이 낫다.

사혈강이 물었다.

"그럼 대체 어떻게 하려는 건가?"

"그들과 차를 한잔 마시고 떠날까 합니다."

"……?"

백운회는 관태랑을 보며 말했다.

"준비해 주겠나?"

"예, 그거야 어렵지 않지만……."

"청성산에서 쓰고 남은 산공독 있지?"

관태랑과 선지운은 아연한 표정을 지었다. 마불과 사혈강도 마찬가지였다.

마불이 말했다.

"설마 저들에게 산공독을 먹이겠다는 말인가?"

사혈강이 한숨을 뱉었다.

"아무리 그래도 차를 마시고 중독된 것을 알게 된다면…… 그런 모욕은…… 참기 힘들 거네."

백운회는 담담하게 답했다.

"아니, 알려 주고 마시라고 할 겁니다."

"……!"

모두가 말문을 닫았다.

자리는 금방 마련됐다.

삼백여 무사들 모두가 지켜보는 가운데, 뇌악천과 몽혈비 그리고 월마룡은 급조된 자리에서 천마검을 마주 보았다.

그들 사이의 탁자 위로 관태랑이 김이 모락모락 나는 찻잔을 놓았다.

뇌악천은 천마검을 쏘아보다가 이내 시선을 천마검의 뒤쪽에 약간 떨어져 있는 마불과 사혈강 그리고 수라마녀에게 옮겼다.

수라마녀는 뇌악천과 시선이 마주치자 매몰차게 시선을 외면했다.

한편 몽혈비 장로와 월마룡은 언짢은 기색으로 입술을 꾹 닫고 있었다.

백운회가 말했다.

"소교주, 출진하기 전에 차 한잔하자고 불렀다."

뇌악천이 코웃음을 치며 대꾸했다.

"새벽에 네가 말하길, 앞으로 이런 사적인 자리는 없을 것이라고 하지 않았나?"

"너 때문이야. 네가 내 심기를 불편하게 만들고 있으니까."

"무슨 뜻이지?"

"말 그대로야. 내가 이곳을 떠난 뒤, 네가 뒤통수를 칠 수도 있다는 생각이 들었거든."

그 말이 끝나기 무섭게 뇌악천과 몽혈비 그리고 월마룡의 살기 어린 눈이 마불과 사혈강을 향했다.

마불과 사혈강은 눈살을 찌푸리면서 침묵했다.

백운회가 찻잔을 들며 말했다.

"마시자고."

뇌악천은 자신 앞에 놓인 찻잔을 들며 싸늘한 미소를 지었다.

"설마하니 이 안에 독이 있는 건 아니겠지? 크크큭. 하긴 천하의 천마검이 그런 짓을 하지는 않겠지."

"미안한데, 그 안에 산공독이 있다."

뇌악천의 이마 위로 힘줄이 툭 튀어나왔다.

찻잔을 집던 몽혈비와 월마룡은 입술을 꽉 깨물었다.

몽혈비가 말했다.

"천마검, 이게 무슨 짓인가? 우리 보고 독이 든 차를 마시라니!"

"미안하게 생각합니다. 하지만 해를 끼치려는 건 아니니까, 이번만 제 말을 듣고 참아 주시면 나중에 두둑이 보상해 드리겠습니다."

뇌악천이 이를 갈며 말했다.

"왜 이렇게까지 하는 거지?"

백운회는 차를 마시며 씩 웃었다.

"그 이유를 정말 모르고 묻는 건가? 음모에는 일가견이 있는 그대가?"

관태랑이 끼어들었다.

"무례한 것임을 압니다. 하지만 이번만 따라 주십시오."

"섬마검! 참는 것에도 한계란 것이 있는 거다."

백운회가 갑자기 서리가 뚝뚝 떨어지는 음성으로 말했다.

"소교주, 그 말은 내가 해야 하는 거야."

"뭐라고?"

"네가 진심으로 항복했다고 아직 믿기에 이 정도로 참는 거다."

"……."

"차를 마시고 불과 몇 시진만 참으면 돼. 그런데 못하겠다는 건 무슨 꿍꿍이가 있기에 그런 건가?"

"꿍꿍이가 아니라 이건 무사의 자존심을……."

백운회가 혀를 차며 뇌악천의 말을 끊었다.

"네가 언제부터 무사의 자존심을 들먹였지?"

"……."

"맹독도 아니고 잠깐 내공을 쓰지 못하는 산공독일 뿐이야. 네가 스스로 결백하다면 마셔라! 그게 진짜 무사의 자존심이다."

"내가 결백하다면 마시라고?"

"그래."

"크크큭. 크하하하!"

뇌악천이 등까지 젖히며 웃음을 터트렸다. 그 모습을 삼백여 무사들이 긴장한 기색으로 주시했다.

뇌악천은 웃음을 뚝 그치고는 어깨를 들썩였다.

"대단한 천마검이야. 대단한 천랑대고 말이지. 천한 것들이 언제부터 이렇게 기세가 등등했는지."

그의 말에 천랑대의 눈에 기광이 어렸다. 관태랑 역시 이를 악물었다가 말하려는 순간 백운회가 먼저 말했다.

"마시지 못하겠다는 건가?"

뇌악천이 말했다.

"아니, 마셔 주지. 어쩌겠나? 무림은 힘이 지배하는 곳이고 자네와 천랑대는 나나 내 수하보다 훨씬 강하니까. 힘없는 내가 자네 말을 어찌 따르지 않을까?"

그는 비아냥거리고 찻잔을 들어 단숨에 입안에 차를 털어 넣었다. 그 모습에 천랑대원들이 씩 웃으며 긴장을 풀었다. 관태랑이나 수라마녀 역시 한숨을 돌렸다는 기색으로 한숨을 삼켰다.

그런데 그 순간 뇌악천이 입안의 차를 밖으로 뿜으며 탁자를 발로 걷어찼다. 동시에 들고 있는 찻잔을 백운회에게 던졌다.

그와 동시에 몽혈비의 찻잔도 백운회를 향해 날았다. 월마룡은 관태랑을 향해 던졌다.

불과 그들의 거리 반 장도 되지 않았다.

벼락과 같은 속도로 찻잔이 백운회의 얼굴에 짓쳐 들었다. 그러나 백운회는 태연하게 한 손을 들었다.

엄지와 검지 사이 그리고 손바닥에 하나씩 잡혔다.

관태랑은 냅다 팔을 휘둘러 눈앞에서 찻잔을 쳐 냈다.

차아앙.

뇌악천과 월마룡, 몽혈비가 발검 했다.

이 모든 것이 순식간에 일어났다.

백운회는 앉은 자세에서 자신의 찻잔과 받아 든 찻잔을 앞의 세 사람에게 던졌다.

쇄애애액.

쨍쨍쨍!

칼날에 찻잔이 부셔졌다. 그 틈에 백운회는 등에 매고 있던 칼을 뽑으며 일어섰다.

그야말로 전광석화와 같은 발검이었다.

그 순간,

푸욱!

백운회의 신형이 굳었다. 그는 불신의 눈으로 고개를 떨어트렸다.

왼쪽 가슴, 심장이 있는 그 가슴 앞으로 삐죽 솟아나온 은빛 비수.

지척에서 비수를 던진 사혈강이 뒤에서 말했다.

"잘 가라, 천마검!"

수라마녀가 비명을 지르며 뒤로 나가떨어졌다. 마불의 느닷없는 장력에 당한 것이다. 하지만 그녀는 땅을 두 바퀴 구르고 벌떡 일어났다.

그녀의 눈이 가공할 살기로 뒤집혔다.

"대, 대주니이이임!"

천랑대원들의 눈이 동그래졌다.

꿈에서조차 믿을 수 없는 광경에 그들은 얼어붙었다.

감히!

저들이 미치지 않고서야 감히!

마령검이 '다 죽여 버린다!' 라고 중얼거리다가 빽 소리를 질렀다.

"대주님을 구하라!"

＊　　　　＊　　　　＊

운명의 신이 있다고 가정한다면 어떨까?

대부분의 사람들은 이렇게 말할 것이다.

'운명의 신은 너무 가혹하다.' 라고.

하지만…… 운명의 신은 이렇게 항변하겠지.

'모든 결과는 인간 스스로의 선택에 의한 것이다. 나는 그저 지켜볼 뿐.' 이라고.

〈『패왕의 별』 제8권에서 계속〉

www.bbulmedia.com

www.bbulmedia.com